KB059246

최강끼리 맞선 본 결과 3

히시카와 사카쿠 지음
U35 일러스트
징우주 옮김

뭐――…… 굳이 말하자면, 배려는 서투르지만 일단 심성은 올곧고――.

둔감하지만 남의 마음을 받아 들여줄 줄 알고――.

약속은 이러니저러니 해도 꼭 지키고――.

실패한 요리도 먹어주고――.

무슨 일이든지 진지하게 임하고――.

웃으면 의외로 귀엽고――.

여동생을 소중히 여기고――.

약한 사람을 편들어주고――.

목표를 향해서 부단히 노력할 줄 알고――.

공포를 알면서 고난에 맞서는 용기를 가졌고――.

나를………… 믿어 주었어――

나에게―― 일어설 힘을 주었어――…….

애당초, 난 왜 그 녀석을 좋아하는 걸까……?

내가 바로 에스키아 공화국군
'최강'의 검사, 아그니스 레스터다!
누구라도 날 상대할 자는 있나?

내가 바로 이그마르 왕국군
'최강'의 마술사다!

이제 곧 송장이 될 녀석에게
구태여 이름을 댈 필요는 없겠지.

차
례
[contents]
3

최강끼리 맞선 본 결과
3

히시카와 사카쿠 지음 | **U35** 일러스트·기획 | **정우주** 옮김

SNOVEL

커버·권두·본문 일러스트 | U35

세계 최대의 육지 면적을 자랑하는 코베르나 대륙에는 일곱 개의 대국을 중심으로 크고 작은 세력이 난립해 매일 같이 줄다리기를 반복한다.

　그중에서 동쪽 두 나라라고 불리는 에스키아 공화국과 이그마르 왕국의 관계는 대단히 험악해서, 양국은 몇십 년에 걸쳐 '동국전쟁'이라 불리는 끝없는 전쟁을 펼쳤다.

　서로 국경선을 사이에 두고 싸우는 나날. 최전선의 상황은 지극히 처참했다고 한다.

　하지만 피로 피를 씻는 전쟁 중에도, 한때 거짓말처럼 평온한 시대가 있었다.

　두 인물이 훗날 '잔잔한 시대'라고 불리는 그 몇 년을 가져다주었다.

　에스키아 공화국 '최강'의 남자.

　이그마르 왕국 '최강'의 여자.

　그러나——.

　두 사람의 '최강'은 머지않아 죽음을 맞이하게 된다.

　그리고 양국은 다시 격렬한 전란의 소용돌이로 방향을 선회하게 되었다.

신성교회 편찬 코베르나 대륙 연대기 발췌

제1장 다시금 맞선

——이런 느낌은 오랜만이군…….

뻗친 검은 머리카락에 타오르는 것 같은 붉은 눈동자를 가진 소년은 마음속으로 그렇게 중얼거렸다.

아그니스 레스터.

에스키아 공화국 명문 레스터가의 삼남이자 홍련의 검기를 쓰는 검사.

검을 한 번 휘두르면 해일 같은 작열의 화염을 만들어내 적을 섬멸하는, '플레임 로드(옥염제)'라는 별명을 가진 '최강'의 검사이다.

아그니스는 목울대를 꿀꺽 울리고서 시선을 앞으로 고정했다.

조용하고 평온한 분위기가 감도는 궁전의 한 방.

중앙에 배치된 테이블 맞은편에는 아름다운 소녀 하나가 앉아 있었다.

분홍색 머리카락이 반짝반짝 광택을 뿜고, 백자 같은 피부에 깊고 푸른 눈동자를 가진 소녀.

레파 엘드리트.

이그마르 왕국의 제5왕위계승자이자 백은의 마술을 다루

는 마술사.

우아하게 팔을 휘두르면 절대 영도의 빙설이 적을 순식간에 얼려버리는, '블리자드 로즈(빙결희)'라는 별명을 가진 '최강'의 마술사이다.

그런 두 사람의 '최강'이 앉은 테이블 옆에서, 다른 소녀가 시원스럽게 목소리를 냈다.

"두 분, 준비는 다 되셨나요?"

물빛 머리카락이 어깨 언저리에서 흔들렸고, 크고 또랑또랑한 갈색 눈동자를 가졌다.

들에 핀 꽃처럼 청초한 모습의 소녀는 일곱 대국 중에서 가장 오랜 역사를 자랑하는 레바민트 왕국의 새 국왕 에리카 리히트슈타인.

코베르나 대륙의 동쪽에 있는 세 대국의 실력자가 한자리에 모였다.

그 행사는 물론──.

"그럼 지금부터 맞선 의식을 개시하겠습니다."

에리카가 높다랗게 선언하자 무대의 막이 열렸다.

──맞선.

에스키아 공화국과 이그마르 왕국은 수십 년에 걸쳐서 '동국전쟁'이라고 불리는 격렬한 투쟁을 반복했다. 그러나 코베르나 대륙 최서단에 갑작스럽게 군사국가 기르강디아 제국이 일어서자 이에 대항하기 위해서 물밑에서 동맹을 추

5

진했다

그 동맹 조건은 두 나라 '최강'끼리의 결혼.

대륙에 널리 신자를 가진 신성교회의 중개로 불구대천 원수인 두 나라에 의한 '최강'끼리의 맞선이 개최되었——지만, 상식을 벗어난 두 사람의 소행과 기르강디아 제국의 관여로 인해 교회의 성당이 두 번에 걸쳐 크게 파손되었다. 이 때문에 신성교회가 중개역에서 내려오게 되었고, 맞선 속행은 어려우리라 점쳐졌다.

하지만——

"자, 시간은 넉넉하니 부디 친목을 다지세요."

두 사람의 '최강' 사이에 선 소녀—— 레바민트 왕국의 국왕 에리카 리히트슈타인이 신성교회를 대신해 맞선 중개를 자청해서 이번에 '최강'끼리의 맞선이 개재되었다.

——괜찮을까……?

에리카는 의자에 앉은 두 사람을 흘낏 바라보았다.

얼핏 보기에 둘 다 양전해 보이지만, 아마도 긴장 때문에 표정 근육이 딱딱하게 굳었을 뿐이리라. 강함을 추구하느라 청춘의 모든 것을 바친 결과, 두 사람은 연애에 있어서 밀당이나 남녀 사이의 분위기에 무척 둔하다. 에리카는 진작 그 사실을 깨달았다.

오랜 침묵이 이어진 후, '최강'의 남자—— 아그니스가 마침내 입을 열었다.

"오, 오늘은…… 날씨도 화창하고, 무척 일진이 좋아서……."

이 말에 움찔 반응한 레파는 창으로 시선을 돌렸다.

맞선 회장은 레바민트 왕국의 한구석, 에스키아와 이그마르 국경 근처에 있는 왕가의 별장지에서 집행되고 있었다.

여름의 하루. 새파란 하늘에 펼쳐진 적란운. 완만하게 펼쳐진 녹음의 언덕에 풍차가 위풍당당하게 늘어서서, 경사면을 불어 오르는 바람에 기분 좋은 듯이 날개를 돌렸지만 ── 그건 아까 전까지의 상황이었다. 때마침 나타난 먹구름이 비를 몰고 와, 수많은 물방울이 푸르른 대지를 격렬하게 두드렸다.

"폭우가 쏟아지는데……."

"……."

'블리자드 로즈'의 한마디에 입을 다무는 '플레임 로드'.

레파가 살짝 의기양양해져서 말했다.

"훗……, '플레임 로드'나 되는 사람이 아직 미숙하네. 날씨 인사 문구를 있는 그대로 외워온 거 아니야?"

"무, 무슨 소리를 하는 거야?!"

아그니스의 안색이 변하자, 레파는 점점 더 기세를 탔다.

"후후후후훗, 정형 문구는 상황에 맞춰서 가려 써야 의미가 있어. 내가 본보기를 보여줄게!"

"큭!"

레파는 이를 가는 아그니스를 우쭐한 표정으로 흘겨보면

서 크흠 소리를 내며 헛기침했다.

그리고 살짝 얼굴을 붉히면서, 눈 딱 감은 기색으로 말했다.

"오, 오늘 밤은 달이 무척 예쁘네요."

아그니스가 경악한 표정으로 창밖을 보았다.

"……지금은 낮인데?"

"…….'

이번에는 레파가 침묵했다.

테이블 위에 양 팔꿈치를 댄 아그니스가 손가락 깍지를 끼면서 날카로운 눈빛으로 소녀를 보았다.

"설마 '블리자드 로드'나 되는 사람이, 인사 문구를 고스란히 외워왔을 뿐인가?"

"뭐어? 그건 너겠지. 비가 내리는데 오늘은 날씨가 화창하다는 소릴 하다니 이상하잖아."

"바보 같은 소릴! 낮인데 달이 예쁘다고 하는 게 더 이상하잖아."

두 사람 사이에 긴박한 분위기가 흘렀다.

이윽고 아그니스가 느릿하게 일어섰다.

"잊었어? 난 '최강'의 검사야. 내가 그럴 마음만 먹으면 하늘의 먹구름을 통째로 날려서 억지로 푸른 하늘로 만들 수 있다는 사실을."

레파가 벌떡 일어섰다.

"너야말로 잊었어? 난 '최강'의 마술사. 고대 마법에는 일

9

대의 시가은 낮에서 밤으로 바꿀 수 있는 금주가 존재한다고들 해. 이 몸이 진심을 발휘하면 분명 한낮이어도 예쁜 달을……."

와창장!

그 직후, 테이블 끝에 놓여있던 꽃병이 바닥에 떨어져서 깨졌다.

"앗, 미안해요! 팔이 부딪쳐버렸네요. 서둘러서 정리할 테니, 일단 대기실로 돌아가주시겠어요?"

중개역을 맡은 에리카가 황급히 맞선의 일시 중단을 알렸다.

제법 안심한 표정으로 양옆의 문을 나가는 두 사람의 뒷모습을 배웅하면서, 레바민트 왕국의 새 국왕은 한숨을 깊게 후우 내쉬었다.

"아아, 안 되겠어. 생각보다 더 어렵네……."

에리카는 본인도 별장의 한 방에 물러나 소파에 추욱 기대앉았다.

"에리카 님. 맞선 경과는 어떻습니까?"

진회색 머리카락을 눈썹 앞에서 나란히 자른 소녀가 그 곁에 서서 다소곳하게 물었다.

에리카의 시중인이자 국왕 근위 부대 '블리츠(뇌인)'의 대장직을 맡은 시렌이라는 소녀이다.

"묻지 마. 왠지 모르게 알았지만, 저 두 사람은 상상보다 더 연애에 서툴러."

에리카는 피폐한 표정으로 시렌을 보았다.

"신성교회가 중개 역을 내려놓은 이유도 이해가 갈 거 같아…… 솔직히 잘 수습할 수 없을 거 같아."

"그런 말씀 마십시오. 이제 막 시작했을 뿐이잖습니까. 에리카 님은 근성만큼은 누구에게도 지지 않잖아요?"

시중인인 시렌이 어린아이를 다독이듯이 다정한 목소리로 말했다.

"기억해두렴, 시렌. 이 세상에는 근성만으로는 해결할 수 없는 일도 있어, 후후후후……."

"저기, 에리카 님? 눈의 초점이 어긋났는데요……."

"어머……, 당신은 신성교회의 여사교님? 전에 두 사람의 맞선 입회인을 맡았다던데요. 그래요……, 정말로 힘들었겠어요. 그 마음은 이해가 가요."

"에리카 님, 자, 잠깐, 누구랑 이야기하시는 건가요?! 제정신으로 돌아오세요!"

시렌이 주인의 양어깨를 잡고 앞뒤로 흔들었다.

"……알고 있어. 잠시 현실도피를 했을 뿐이잖아. 두 사람에게는 큰 은혜를 입었으니 어떻게든 힘이 되어 줄 생각이야."

일곱 대국 중 하나인 레바민트 왕국은 침략 국가 기르강디아 제국이 보낸 자객의 암약으로 조용히 멸망의 길에 들어섰었다. 그런 모국을 구해준 이는 그 두 사람이었다.

그래서 에리카는 중단됐던 맞선 중개역을 자청하기로 했다.

"그렇다고 해도 이래서야 앞날이 걱정돼……."

"하지만 어째서 그렇게 맞선 성립이 어려운 건가요? 두 사람은 서로에게 호감을 느끼고 있는 거죠? 그럼 문제 될 게 없잖아요?"

시렌이 이상하다는 듯이 고개를 갸웃거리자, 에리카는 어깨를 으쓱이며 크게 한숨을 쉬었다.

"그게 아니야. **그래서 더 힘든 거라고.**"

맞선 회장 옆. 에스키아 공화국 측 대기실에 작은 몸집의 소녀가 달려왔다.

흑발의 포니 테일 머리에 연홍색 눈동자를 가진 소녀는 아그니스의 여동생 메이 레스터.

새끼고양이 같은 귀여운 용모의 여동생이 조용히 입을 열었다.

"숙맥 같은 오빠……."

"갑자기 그렇게 부르기야?"

"그야…… 맞선이 너무나도 수준 낮으니까 그렇지."

"가차 없네?! 나도 알아. 하지만 어렵다고."

아그니스는 곤혹스러운 기색으로 머리카락을 벅벅 긁었다.

"뭐, 그건 이해하지만……"

메이도 동의를 표시하며 시선을 위로 돌렸다.

대기실 안쪽에는 계단이 있어서 2층으로 올라갈 수 있다. 인접한 맞선 회장은 탁 트인 개방형 구조라 2층 방에 있는 창에서 상태를 볼 수가 있었는데, 거기에 팔짱을 낀 채로 벌레를 백 번은 씹은 것 같은 표정으로 서 있는 남자가 있었다.

단정한 생김새에 느슨하게 묶은 갈색 머리카락. 주름 하나 없는 군복을 몸에 둘렀다.

그것은 레스터가의 장남이자 군부 총사령관을 맡은 랄프 레스터의 모습이었다.

한편, 반대쪽 이그마르 왕국의 대기실에서는 레파 옆에 메이드복 차림을 한 여자가 서 있었다.

은색 머리카락에 헤드 드레스를 걸치고 안경을 쓴 인형 같은 생김새. 레파의 사용인으로 종사하는 로제린이라는 이름의 소녀이다.

"피라미 레파 님."

"로제린. 너 혹시 메이드라는 처지를 잊은 거야……?"

"하지만…… 너무나 비참한 꼬락서니라서 다소 구역질이 나는데요."

"그, 그 말은 신차잖아! 하지만 어쩔 수 없잖아. 상황은 간단하지 않다고."

레파가 곤란한 표정으로 눈썹 끝을 내렸다.

"그건, 그렇습니다만……."

로제린의 시선이 대기실 천장을 향했다.

안쪽 계단을 올라간 2층에는 오싹할 만큼 아름다운 여자가 무표정하게 꼿꼿이 서 있었다.

빛나는 금발. 오른쪽이 비취, 왼쪽이 호박 빛깔로 다른 색조가 깃든 오드아이.

레파의 언니이자 이그마르 왕국 제1왕위계승자 이자벨라 엘드리트였다.

"호감이 있어서 어렵다고요? 무슨 뜻인가요?"

무대는 다시 에리카의 방으로 돌아온다.

에리카는 의아한 표정을 짓는 시중인 시렌에게 말했다.

"잘 들어. 생각해봐. 아무리 기르강디아 제국이 대두했다고는 해도, 오랫동안 피에 젖은 전쟁을 계속해온 두 나라가 그리 쉽게 동맹을 맺을 수 있을 리가 없잖아. 이 맞선에는 양국의 꿍꿍이가 있어."

"꿍꿍이요?"

"그래. 아마도 본국에서는 두 사람에게 상대를 농락하라고 지령을 내렸을 거야. 적국의 최고전력을 수중에 넣으면 압도적으로 유리한 입장에 설 수 있잖아. 그렇다고는 해도 신성교회가 중개했었을 적엔 기르강디아 제국의 위협이 가시화되지 않았어. 그러니 양국 다 어디까지나 상황을 지켜보는 방침이었겠지. 잘 되면 이득이라는 정도로."

"그게 레바민트 왕국의 관여로 상황이 바뀌었다는 뜻인가요?"

"그래, 우리가 신성교회의 뒤를 잇게 되었어. 힘든 교섭이지만 이쪽이 진지하다는 것도 전해졌을 거야. 게다가 대륙 동부에도 제국이 마수를 뻗었다는 사실을 느꼈을 거고, 양국 다 마침내 맞선의 행방을 무시할 수 없게 된 거지. 그 증거로 두 나라의 중진이 일부러 맞선을 시찰하러 방문했잖아."

"확실히 국군 총사령관과 제1왕위계승자라니 화려한 구성원이네요."

"갑자기 그런 거물이 올 줄은 몰랐지만……."

에리카는 뻐근해진 몸을 풀고자 목을 천천히 돌렸다.

"양국에 있어서 이 맞선의 최대 목적은 상대국의 최고전력을 수중에 넣는 것. 뒤집어 말하자면 자기 나라의 최고전력이 상대의 수중에 넘어가는 일만큼은 반드시 피해야만 해. 만약 맞선 상대에 대해서 강한 호감을 품었다는 사실을 수뇌부가 목격하게 되면, 맞선—— 나아가서는 양국 교섭 자체가 중지될 우려가 있어."

"과연⋯⋯ 그렇게 될 건가요."

즉, 수뇌부 앞에서는 **호감이 있는 상대를 향해 호감이 없는 척을 해야만 하게 되었다**는 뜻이다.

"이상한 방향으로 굴러갈 뻔했으니까, 즉시 휴식시간을 마련했지만⋯⋯."

에리카는 어깨를 추욱 늘어뜨렸다.

"솔직히 불안하기만 해⋯⋯."

"저도⋯⋯ 그런 기분이 들기 시작했어요."

시렌이 다소곳하게 동의를 드러냈고, 짧은 휴식시간이 끝났다.

"아까 전엔 무척 실례했습니다. 그럼 다시 맞선을 재개하겠습니다."

방 정리가 끝나고 에리카의 호령에 따라 회합은 다시 개시되었다.

──곤란하게 됐네⋯⋯.

자리에 앉은 아그니스는 마음속으로 탄식했다.

뒤통수에 느껴지는 찌릿찌릿한 시선은 대기실 2층에서 맞선 회장을 내려다보는 장남 랄프 레스터의 것이리라.

중개역이 바뀐 뒤 첫 맞선이라, 우선 서로 어떻게 나오는지 태도를 엿보면서 맞선 후에 에리카도 섞여서 비공식으로 앞으로의 방침을 이야기 나눌 예정이었다. 하지만 갑자기 장남이 사병을 이끌고서 찾아오게 되자 상황이 뒤바뀌었다.

그에 대항하듯이 이그마르 제1왕녀도 수호병을 달고서 모습을 드러내, 건물 자체가 흡사 전장처럼 긴장된 분위기에 휩싸였다.

——어쩌면 좋지……?

도움을 청하듯이 뒤를 신경 쓰는 기색을 보이자, 여동생의 목소리가 고막에 닿았다.

——미안해, 아그니스 오빠. 나 역시 갑자기 랄프 오빠가 올 줄은 몰랐어.

대기실 2층에서 메이가 아그니스의 청력에만 닿을 만큼 작은 목소리로 사죄의 말을 했다.

——섣부르게 상대에 대한 호감을 들키면 동맹 교섭이 끝나버릴지도 모르니, 이번에는 무난하게 넘길 수밖에 없겠지…….

작게 고개를 끄덕인 아그니스는 시선을 레파에게로 돌렸다.

심호흡한 후, 어쨌거나 머릿속에 집어넣은 맞선 상투 문구를 입에 담았다.

"취, 취미는?"

"……취미?"

질문을 받은 레파는 입술을 굳게 다물고서 머릿속으로 사용인에게 말을 걸었다.

──로제린. 취미래. 취미를 물어봤어! 어쩌면 좋지?!

──일단 진정하세요. 당황하면 수상하게 볼 겁니다.

그림자를 조작하는 마술사이기도 한 로제린이 자신의 그림자를 2층 대기실 창문 틈새에서 뻗어 마술 '그림자 말'로 레파에게 대답했다.

──그치만, 당황스럽기도 하지…….

뒤통수에 살의라고도 받아들일 수 있을 만큼 서늘한 시선이 느껴진다.

큰언니이자 제1왕위계승자인 이자벨라의 것이다. 곤란하게도 적의를 보내는 큰언니가 곁에 있기만 해도 불안한 기분이 들었다.

──죄송합니다. 뜬금없이 이자벨라 님께서 오시다니 예상 밖이었습니다. 더군다나 에스키아의 총사령관까지 찾아올 줄이야. 두 사람은 견원지간이라는 소문도 있습니다. 잘못하면 맞선 중지를 뛰어넘어, 이 자리가 전장으로 변할 위험도 있겠네요.

──혀, 협박하지 마.

──어쨌거나, 오늘은 담담하게 치를 수밖에 없겠죠.

레파는 고개를 끄덕이며 시선을 앞으로 향했다.

"취미……, 취미 말이지. 뭐, 목욕을 좋아하는 거랑 독서를 조금 즐기고 있어."

"목욕과 독서라. 어떤 책을 읽는데?"

"연……이 아니라, 마술서를 읽어. 응, 마술서를 매일같이 읽고 있어."

──소녀 취향의 연애 소설이라고 말하지 않는군요.

──시, 시끄러워. 마술서도 잔뜩 읽는걸.

레파는 머릿속으로 로제린에게 반론하며 입술을 삐죽였다.

"마술서라. 그다지 읽어본 적이 없는데 무슨 내용이 적혀 있어?"

"그야, 마술서에도 다양한 종류가 있어. 간단히 말하자면 지·수·화·풍을 시작으로 하는 물질 성립이나, 마나에 대한 간섭 방법이 주된 내용이지."

아그니스는 머리를 쓱쓱 헤집었다.

"나는 못 읽을 거 같군. 문자만 보고 있으면 머리가 쑤셔. 전에 한 번 읽어 봤는데, 정신을 차리니 첫 페이지에서 잠들었어."

"아하하! 그건 이해해. 마술서는 전문 용어가 가득하고, 언어 체계도 제각각이고, 저자에 따라서 까다로운 내용도 실리니까. 익숙지 않으면 읽기 어려울지도 몰라."

"그렇지. 흥미는 있지만."

"후후. 그럼 초심자용 쉬운 책도 있으니까 다음번에 빌려줄──."

──레파 님!

──헉!

무심코 즐겁게 열을 올리고 말았다. 뒤에서 강렬하게 찌르는 언니 이자벨라의 시선을 다시 인식한 레파는 풀어진 표정을 한순간에 단단히 조였다.

"……리가 없지. 안 빌려줘, 절대로."

"아, 안 빌려주는 건가."

"당연하지. 내 소중한 책에 에스키아 남자의 손때가 묻는 건 상상도 할 수 없어."

"그, 그렇구나……."

"아아, 더러워. 만약 그렇게 되면 곧바로 소각해서 없애야지."

"으윽……."

──오빠, 낙담하면 안 돼. 분명 레파 씨도 제1왕녀 앞에서 오빠랑 편하게 이야기할 수는 없을 거야.

──그, 그런가. 그렇겠지.

메이의 조언을 듣고 아그니스는 어금니를 깨물며 축 처진 어깨를 가까스로 끌어올렸다.

레파가 딴청을 피우면서도 흘낏 시선을 보내왔다.

"……그래서, 네 취미는 뭔데?"

"신경 쓰이나?"

"뭐, 뭐라고? 털끝만큼도 신경 안 쓰여! 저, 전혀 알고 싶지 않아! 어쩔 수 없으니까 화제를 제공해줄 뿐이라고. 정말로 마수의 쓰리 사이즈랑 비슷할 만큼, 너에 대해서는 아무런 흥미가 없으니까!"

"크흑……."

──오빠, 조용히 피를 토하지 마! 분명 본심이 아닐 거야!

──어, 어, 그래.

아그니스는 입가를 닦으면서 '블리자드 로즈'에게 대답했다.

"그렇군……. 가장 좋아하는 취미라고 하면 검 훈련이지만, 이 시기엔 곧잘 몀을 감지."

"흐음, 확실히 몀을 감기 좋은 시기긴 하지. 그런데 어디서 몀을 감아? 호수? 에스키아에선 해수욕을 할까?"

"폭포."

"포, 폭포? 거기서 몀을 감는다고?"

"몀을 감는 거 맞아. 산 정상에서 쏟아지는 물줄기를 온몸으로 맞으면, 머리도 시원해지고, 잠기운도 사라진다고."

"그건 몀을 감는 게 아니라 폭포 수행이라고 하지 않나……?"

"그렇게 말할 수 있을지도 모르지. 꽤 나쁘지 않아. 지금 시가면 물안개에 태양이 반사돼서 무지개가 잔뜩 생기니까 장대한 경치를 즐길 수 있고."

"흐음, 무지개라. 그건 좀 흥미가 생기네."

"그렇지? 신경 쓰이면 한 번 에스키아 변경에 오면──."

──오빠!

——헉!

무심코 이야기에 열을 올리고 말았다. 목덜미에 진검을 가져다 대는 것 같은 형의 시선을 다시금 느끼며, 아그니스는 한 단계 낮은 목소리를 냈다.

"……오면, 큰일이 벌어지겠지. 그런 일은 있을 수 없어."

"가, 가면 안 돼?"

"당연하지. 이그마르 여자가 우리 영토를 밟게 할 수는 없어."

"그, 그럴 수가……."

"용납되지 않는 일이야. 그 다리로 한 걸음이라도 들어서면, 에스키아의 땅이 더러워져!"

"흐에에……."

——레파 님. 왜 진지하게 울상을 짓는 겁니까? '플레임로드'도 총군사령관 앞에서 친밀하게 말할 수는 없을 뿐이라고요.

——그, 그, 그런가? 그렇겠지…….

레파는 얼굴을 쓱쓱 닦고서 의자에서 무너져내릴 뻔한 몸을 가까스로 지탱했다.

"그, 그럼…… 조, 좋아하는 음식은?"

이어진 레파의 질문을 듣고 아그니스는 잠시 생각한 뒤 대답했다.

"뭐…… 전장에 오래 있어서 아무것도 입에 댈 수 없을 때도 많았으니까, 솔직히 뭐든지 맛있게 먹을 수 있어."

"아, 확실히 넌 그럴지도 몰라. 왜냐하면 내……."

"응?"

"그 왜 있잖아, 전에 음식을 대접한 후에……."

"아아, 가고일의 먹이라고 했던 그거 말인가."

이전에 레파는 아그니스를 이그마르로 초대해 손수 만든 요리를 대접한 적이 있었다.

거의 대부분은 사용인인 로제린이 만든 것이었지만, 레파가 만든 것도 딱 하나 있었다. 결과물이 너무나 지독해서 엉겁결에 가고일의 먹이라고 거짓말을 했는데, '플레임 로드'는 그것을 맛있게 먹어주었다.

"응, 별난 맛이었지만 그것도 좋았어."

"어?"

두근.

──레파 님! 뭘 두근거리시는 겁니까? 이 자리에서는 곤란합니다!

──오빠! 호의를 억눌러야만 해!

──헉!

두 사람은 곧장 진지한 표정을 지었다.

"그냥 해본 소리야. 유감이네. 손수 만든 요리라는 명목으로, 조금만 더 하면 널 독살할 수 있었을 텐데."

"흥. 나에겐 독이 안 통하는데 헛수고했군. 다음엔 틀림없이 격퇴해주마."

"우후후후……."

"후하하하……."

——아득해.

두 사람은 허영을 부리면서도 절망적이기까지 한 거리감을 느꼈다.

바로 곁에, 손을 뻗으면 닿을 거리에 있는데, 마치 양자 사이에는 바닥이 보이지 않는 무한한 계곡이 가로지르는 것 같다.

등 뒤에서 찌르는 시선은 어디까지나 날카롭고, 어깨는 납을 얹은 것처럼 무겁다.

새삼스럽게 국가를 짊어진다는 것의 의미를 뼈저리게 실감했다.

"이제 됐어."

딱딱한 목소리가 맞선 회장으로 끼어들었다.

목소리의 주인은 에스키아 쪽 대기실 2층 창에서 맞선 상태를 내려다보는 남자였다.

"얘기로 듣기는 했지만 지독하군. 차마 못 봐주겠어. 현기증이 나."

아그니스의 큰형이자 명문 레스터가의 장남. 국군 총사령관을 맡은 랄프 레스터가 차갑게 말을 내뱉었다.

——현기증……?

──아그니스 오빠. 어쩔 수 없어. 대체로 맞는 말인걸.

──너도 너무한데?!

"이 이상 계속해 봤자 진전 따위를 바랄 수도 없겠는데…… 넌 어떻게 생각하지?"

랄프는 씁쓸하게 말하며 날카로운 눈동자를 정면── 이그마르 측 대기실 2층에 선 금발 여자에게 향했다.

"확실히 쓰레기 같은 맞선이네."

──쓰, 쓰레기……

──레파 님. 낙담하지 마십시오. 이자벨라 님께선 사실을 입에 담았을 뿐입니다.

──그 점은 부인하지 않는구나?

이자벨라는 움츠러든 레파를 차가운 눈동자로 바라보면서 감미로운 목소리로 말했다.

"오늘은 계속해 봤자 소용없겠지이. 이쪽은 연기를 희망해."

"흥, 이의는 없다."

랄프와 이자벨라의 시선을 받은 에리카가 두 사람의 '최강'을 둘러보았다.

"그렇게 말씀하시는데, 두 분은 어떠신가요?"

"……"

"……"

차마 말을 못 꺼내는 두 사람을 보고, 에리카는 어깨를 으

쓰이며 폐막을 선언했다

"어쩔 수 없군요. 그럼 양국 수뇌부의 의향에 따라서 오늘 맞선 의식은 중단하겠습니다. 날을 다시 잡아서 재개하겠습니다."

* * *

"랄프 오빠!"

맞선 종료 후, 메이가 사병과 함께 복도를 잰걸음으로 떠나가는 큰오빠의 뒤를 쫓아왔다.

멈춰 선 랄프는 여동생을 향해 단정한 옆얼굴을 천천히 돌렸다.

"메이. 네가 곁에 붙어있었는데 저 꼴은 뭐지?"

"그치만……."

"대체 뭘 위해서 맞선을 하는 거라 생각하지? 저런 소꿉놀이 같은 방식으로 상대를 농락할 수 있을 것 같나?"

"아, 알기는 하지만……."

메이는 머뭇머뭇 큰오빠를 올려다보며 조심스럽게 입을 열었다.

"하지만 랄프 오빠. 그…… 농락한다든가 농락당한다든가 그런 생각만 하지 말고, 서로 호의를 품고서 함께 대등한 동맹을 맺을 수는 없을까?"

"진심으로 하는 소리냐?"

큰오빠의 목소리가 한층 더 낮아졌다.

"'동국전쟁'에서 얼마나 많은 피를 흘린 줄 아나? 얼마나 많은 병사가 죽고, 국민이 유린당했다고 생각하지? 이그마르와의 동맹 따위는 본래 있을 수 없는 일이다. 원로원이나 국민이 대등한 동맹 따위를 받아들일 리 없잖나. 적국의 최고전력을 수중에 넣어 압도적으로 유리한 조건으로 동맹을 체결하는 것이 유일하게 양해를 얻을 수 있는 길이다. 그걸 너도 모르지는 않겠지."

"그건, 그렇지만⋯⋯."

오빠의 말을 듣고 메이는 고개를 숙인 후, 불현듯 떠올랐다는 듯이 고개를 들었다.

"'잔잔한 시대'⋯⋯."

"뭐라고?"

"있잖아. 20년 전쯤에, 에스키아와 이그마르에는 '잔잔한 시대'가 있었지? 그때는 몇 년 동안이나 정전 협정이 이어졌다며. 그러면 이번에도 그 시대처럼⋯⋯!"

"메이."

몇 단계 더 무겁고 차가운 목소리가 오빠에게서 돌아왔다.

랄프는 미간에 깊은 주름이 새겼고, 분위기에 얼얼한 가시가 돋쳤다.

"'잔잔한 시대' 따위는 환상이다. 그 이야기는 두 번 다시 입에 담지 마라."

"……."

큰오빠가 무겁고 답답한 분위기를 뿜자 메이는 다음 말이 나오지 않았다.

"그 의견에는 찬성해."

복도 안쪽에서 로제린을 거느린 이자벨라가 모습을 드러냈다.

"어머나아, 미안해. 쓸데없이 말소리가 커서 다 들어버렸네."

"……흥."

랄프는 이자벨라를 흘낏 보더니,

"이쪽은 이쪽대로 수를 마련하겠다. 메이, 넌 쓸모없는 동생을 어떻게든 해라."

여동생에게 그 한마디만 남기고 딱딱한 발소리를 울리면서 떠나갔다.

멀거니 선 메이의 옆을 지나친 이자벨라는 정원 앞에 세워놓았던 마차에 올라탔다. 종자를 부려 마차의 창문을 열고, 깃털로 만든 검은색 부채를 입가에 대면서 창밖에 선 로제린에게 눈길을 보냈다.

기세는 다소 약해졌지만 아직 가느다란 비가 촉촉하게 계속 내렸다.

"에스키아의 대장군 각하는 꽤 흥분한 모양이네에. 뭐, 나도 일부러 레바민트까지 찾아와서 유희를 보게 될 줄은 몰랐어."

"죄송합니다. 서둘러 선후책을 검토하겠습니다."

"후후후……, 야만스러운 애에게는 그 정도가 한계일지도 모르겠어. 그건 그렇고, 레바민트 여왕도 진심으로 맞선 성립을 노리는 모양이니, 반드시 우리가 '플레임 로드'라는 조각을 손에 넣을 수 있도록 노력해."

"명심하고 있습니다."

비가 내리는 와중에 꼿꼿이 서서 고개를 조아리는 로제린. 이자벨라는 그녀를 향해 만족스럽게 고개를 끄덕인 후, 요사스러운 눈동자를 가늘게 떴다.

"신경 쓰이는 점은 그 애가 '플레임 로드'에게 마음을 빼앗길 가능성이지이. 생각보다 그 두 사람은 사이가 좋아 보이던데. 곤란하게 됐어. 저주받은 여동생이라고는 해도 에스키아에 빼앗기면 전력상 좋지 않아. 그런 일이 생기면 맞선은 즉각 중지해야지. 안 그래, 로제린?"

"……."

로제린은 잠시 침묵한 뒤, 자세를 바로잡고 얇은 입술을 열었다.

"이자벨라 님. ……아까 전 메이 레스터가 입에 담은 것처럼 일단 줄다리기는 옆으로 제쳐두고, 레파 님과 '플레임 로

브'의 혼인을 치러 에스키아와 대등한 공투관계를 만드는 선택지는 없을까요? 제국의 위협이 바로 코앞까지 닥쳐왔는데──."

"있지, 로제린. 한 가지 물어봐도 될까?"

이자벨라가 로제린의 말을 가로막고서 말했다.

"넌 누구의 부하니?"

피부에 닭살이 오싹하게 돋았다.

마치 잘 벼려진 칼을 심장에 직접 들이댄 것 같은 위압감이 로제린을 에워쌌다.

"나, 수다스러운 여자는 싫어. 네 과묵한 점이 마음에 든다고, 로제린. 다시 한번 물을게. 넌 대체 누구의 말이지?"

"물론, 저는 이자벨라 님의 종자입니다."

"정말로 그렇게 생각하는 걸까?"

이자벨라는 검은 레이스의 암 커버에 댄 팔을 창밖으로 천천히 내밀었다.

"내 마술 중에 '사이코메트리(잔류사념)'가 있다는 건 알지? 물건에 남은 강한 사념을 읽어내는 거야. 항상 쓰고 있는 그 안경이 좋을까? 네 충성심이 진짜인지 확인해보자. 나를 강하게 숭배하면, 그 마음이 분명 남아 있을 거야."

"부디 하시죠."

로제린은 그 자리에서 즉시 안경을 벗어서 마차에 탄 이자벨라에게 내밀었다.

이자벨라는 희미하게 미소짓더니, 안경을 받아들지 않은 채 마차 안으로 팔을 집어넣었다.

"……후후, 좋아. 한순간이라도 망설였다면 네게 미래는 없었겠지만, 네 그런 대담한 점을 좋아해. 그 애는 좀 더 네게 맡길게."

"네."

로제린은 은근히 고개를 숙였다.

다만, 알고 있겠지만 난 결코 느긋한 편이 아니야.

빗소리 속에서 창을 닫는 이자벨라의 달콤하고 차가운 음색이 귓가에 남았다.

고개를 숙인 로제린을 남겨두고, 마부의 기합 소리와 함께 이자벨라를 태운 마차는 물안개를 일으키며 이그마르로 향했다.

* * *

양국의 수뇌부가 떠나간 저택에서는 레바민트의 국왕 에리카가 머리를 싸매며 집무책상에 앉아 있었다.

"무리야……."

"어렵겠네요……."

수행인으로 따라온 시렌이 한숨을 쉬자, 에리카가 푸른 머리카락을 쓱쓱 헤집었다.

"아아, 진짜, 이찌지? 양국의 수뇌부가 본격적으로 개입하기 전에, 흐지부지 이야기를 진행해버리려고 했는데. 이런 식으로 감시가 붙어서야 쌍방이 수긍하는 형태로 이끌고 가는 건 무리잖아."

"난처하네요……."

"솔직히 곤란해. 언제까지고 느긋하게 굴 수는 없고."

에리카는 미간에 주름을 새기며 책상 끄트머리에 있는 신문을 집어 들었다.

그것은 대륙에 분포하는 상업 도시와 교역로를 관리하는 상인 연합이 발행하는 신문이었다.

대륙 각지의 날씨나 특산품 정보, 소소한 뉴스 등이 실려 있었는데, 특히 신경 쓰이는 기사는 대륙 서쪽의 전쟁에 대한 기사였다.

고작 5년 전에 대륙 최서단에 건설된 군사국가 기르강디아 제국과 서쪽 여러 나라 사이의 전화는 격렬함을 더했다. 제국이 중소 국가를 차례차례 집어삼켜서 강대한 전력을 가진 일곱 대국조차 크게 고전을 면치 못하고 있다고 한다.

상업 집단인 상인 연합의 취재로는 역시 한계가 있는지 게재된 정보는 한정적이었지만, 결코 낙관할 수 없는 상황이라는 사실은 전해졌다.

"보조를 흐트러뜨릴 때가 아닌데……."

천연 요새라 불리는 볼프스 대산맥이 방위선을 구축하고

있다고는 하지만, 에스키아 공화국이나 이그마르 왕국, 그리고 에리카의 레바민트 왕국이 있는 대륙 동쪽에도 확실히 전쟁의 불똥이 튀고 있다.

꼿꼿이 서서 기사를 훑어본 시렌이 미심쩍게 중얼거렸다.

"두 나라 모두 현재 상황은 파악하고 있겠죠?"

"그야 그렇겠지. 서쪽에 첩보원을 보내서 이것저것 정보를 모으고 있을 거야. 우리도 국가를 개방하고 '블리츠' 멤버를 조사에 내보냈잖아."

다만 기르강디아 제국의 수도는 흉악한 마수가 날뛰는 타나토스 사화산이라 불리는 대장역 안쪽에 있다. 그 때문에 수도에 다다르기는 지극히 힘들어서 기르강디아 제국이 대체 어떤 나라인지는 여전히 오리무중이었다.

서쪽의 나라들은 전쟁 포로에게서 정보를 얻으려고 시도했지만, 그들은 황제 폐하 만세를 외치며 자폭하거나, 어금니에 끼워 넣은 독을 삼키고 목숨을 끊어버려 어려움을 겪고 있다고 한다.

알려고 하면 할수록 깊은 어둠에 사로잡혀 버리는 감각이 들었다.

"그 정체를 알 수 없는 나라는 대체 뭐냐고……."

"하지만 그 정도의 위협을 이해하면서도 에스키아와 이그마르는 대등한 동맹을 바라지 않는 거군요."

"그건 그것대로 찜찜하지……."

몇십 년이나 전쟁을 계속해온 두 나라가 쉽게 화해할 수 없으리라 생각하지만, 거기에 깊은 악연을 느낄 수밖에 없었다.

"······."

에리카와 시렌은 동시에 입을 다물었다.

"곤란해. 뭔가 좋은 방법은······."

아무 생각 없이 신문지를 넘기던 에리카가 별안간 "응?" 하고 소리를 질렀다.

그리고는 기세 좋게 일어나 신문 지면을 빤히 노려보았다.

"에리카 님, 왜 그러십니까?"

"그렇지······. 차라리 이런 게 효과적일지도 몰라. 어차피 평범하게 해봤자 무리고."

시렌의 부름에 에리카는 고개를 휙 고개를 들고, 장난기 넘치는 아이 같은 표정으로 시중인에게 말했다.

"재미있는 생각이 떠올랐어."

* * *

레바민트 왕국이 중개한 첫 맞선으로부터 며칠 후.

에스키아 공화국의 변경에 자리 잡은 탑의 한 방에서, 검은 머리카락에 붉은 눈동자를 가진 남자가 정장을 입은 묘령의 여성을 벽 가에 몰아넣었다.

"아그니스 님, 갑자기 왜 그러십니까?"

여자는 벽에 등을 대고 불안하게 입술을 움직였다.

타오르는 듯한 적안의 남자── 에스키아 '최강'의 검사 '플레임 로드'는 여자의 앞을 막아선 채 진지한 말투로 말했다.

"아니, 널 보고 있었더니 무심코 이러고 싶어졌어."

"네……?"

여자의 뺨이 살며시 붉게 물들었다. 아그니스의 얼굴이 천천히 여자에게 다가갔다.

귀에 걸린 머리카락을 손가락으로 쓸어올리며 그 입을 귓가로 가져다 댔다.

"내 작열의 불꽃으로──."

아그니스의 숨결이 여자의 귓불에 닿았다.

"──널 태우고 싶군."

"네, 실격! 실격, 실격 실겨어어어어어어어어어어어억!"

여자가 새된 목소리로 외치며 벽을 퍽퍽 쳤다.

"무서워! 무서워! 무서워요! 어째서 작열의 불꽃으로 태우는 겁니까?! 그게 아니라! '내 가슴의 불꽃으로 네 마음에 불을 붙이고 싶군'이잖아요!"

"대, 대강 비슷하잖아……?"

"전혀 달라요! 특히 '플레임 로드'인 당신이 말하면 공포스럽기만 하다고요! 분명 뜨거운 마음으로 여자를 녹이라고 말씀드렸기만, 실게료 늑여서 어쩌려는 겁니까?!"

"미, 미안……."

격분한 여자는 눈을 치켜뜨며 시선을 옆으로 돌렸다.

"메이 님. 당신의 오라버님은 대체 어떻게 된 겁니까?!"

"그러니까 어려울 거라고 했잖아? 지도를 좀 했다고 아그니스 오빠가 연애 달인이 될 거 같았으면 내가 진작에 그렇게 만들었을 거야."

집무책상에 기댔던 메이가 팔짱을 낀 채로 탄식했다.

여자는 아그니스를 위해 중앙에서 파견한 연애 강사였다. 레바민트 왕국의 관여로 동맹 교섭이 재개되자, 마침내 수뇌부는 맞선에 진지하게 개입할 필요성을 느끼기 시작한 모양이다. 상대를 농락하면 성공, 반대로 농락당할 것 같으면 즉시 중지라는 기본 방침 아래, 수뇌부는 아그니스의 심각한 연애 숙맥 기질을 처음으로 목격하고 위기감을 느꼈다. 그래서 '플레임 로드'의 연애 능력 향상을 위해 강사를 보낸 것이었다.

여자는 아그니스에게 바싹 다가서면서 말했다.

"잘 들으세요, 아그니스 님. 다르게 표현하겠습니다. 제가 전하고자 하는 바는 이때다 싶을 때 달콤한 말을 속삭이라는 겁니다. 타이밍만 잘 맞으면 여자는 그걸로 홀라당 함락되니까요."

"홀라당 함락시키는 거 뿐이라면, 손날을 쓰는 편이 빠른데."

"누가 의식을 함락시키라고 했어? 어엉?"

"미, 미, 미안."

여자는 아그니스의 멱살을 잡은 손을 놓고서 벽에 등을 댔다.

"자, 그럼 절 상대로 해보십시오."

"달콤한 말……이라."

"네, 끝내주게 달콤한 말을 부탁하겠습니다."

"좋아. 알았어!"

아그니스는 쓰읍 크게 심호흡을 한 뒤, 여자의 얼굴 옆에 한 손을 댔다.

해에 잘 그을은 얼굴을 정면으로 고정하고, 물끄러미 여자의 눈을 바라보았다.

단정한 생김새와 올곧은 눈동자를 보자 강사의 뺨도 자연스럽게 홍조를 띠었다.

"가, 갑자기 왜 그러십니까, 아그니스 님?"

"네게…… 하고 싶은 말이 있어."

"뭐, 뭔가요?"

여자의 목울대가 꿀꺽 울리고, 아그니스가 들이댔다.

두 사람의 얼굴이 천천히 가까워졌다.

벽치기를 하는 남자와 벽치기를 당하는 여자.

거기에 완벽한 상황이 생겨난다.

니미끼는 삐기를 바늘 한마디륵 꺼내는 것뿐,

아그니스는 피식 미소 짓더니 천천히 입술을 열었다.

"서……."

"서?"

"…………설탕."

"달———콤해!! 달콤해! 달콤해, 달콤해, 달콤해, 당도 100퍼센트으으으!"

"어, 뭔가 성격이 바뀌지 않았어?"

허공을 향해서 포효한 강사는 갑자기 망연한 표정을 지으며, 옆에 놓아둔 짐을 황급히 그러모았다. 그리고——.

"돌아갈래! 돌아가겠습니다! 돌아가도록 하겠습니다! 제가 감당할 수 없어요! 이 문제는 랄프 님께 빠짐없이 보고할 겁니다!"

강사는 탁 소리를 내며 거칠게 문을 닫더니, 쿵쿵 발소리를 울리면서 달려갔다.

"……."

닫힌 문을 조용히 바라보던 메이에게, 아그니스는 머뭇머뭇 말을 걸었다.

"있잖아, 메이. 결코 농담하는 게 아니라, 갑자기 그런 소리를 해도 곧바로 좋은 말이 떠오르지 않는달까, 달콤한 말을 너무 고민해서 한 바퀴 돌았더니 그렇게 됐다고나 할까……."

"아니, 괜찮아. 난 전혀 화나지 않았어."

"그 웃는 얼굴이 오히려 무서운 이유는 뭘까?"

"단장님, 역시 소용없었나요?"

떠나간 여자 대신 상아색 쇼트커트에 갈색 피부를 가진 여성이 집무실로 들어왔다. 아그니스가 이끄는 부대의 부장을 맡은 루시아나라는 여성이다.

"역시라니 너……."

"후후후, 중앙에서 파견된 여자가 대체 뭘 할 수 있겠습니까? 단장님은 지금 그대로가 좋으니까요."

"왜 기뻐 보이는 거지?"

"따, 딱히 그렇지는 않은데요!"

아그니스는 황급히 손을 내젓는 루시아나에게 어깨를 늘어뜨려 보였다.

"뭐, 나 역시 형이 불안해서 손을 쓰려고 한다는 건 알아. 연애 기술이란 게 아주 조금 부족하다는 것도."

"아주 조금이 아니라 전혀 없어, 오빠."

메이가 냉정하게 태클을 걸자, 아그니스는 작게 숨을 내쉬고 검은 머리카락을 헤집었다.

"그나저나. 달콤한 말이네 뭐네, 왜 일일이 그런 성가신 밀당을 해야만 하는 거야? 좋아하면 솔직히 말하면 되잖아?"

""……으!""

메이와 루시아나가 숨을 삼키며 동시에 얼굴을 마주 보

있다.

"다, 단장님. 지금, 제 심장이 격렬히 꿰뚫려서…… 크흑!"

"……이 천연 난봉꾼."

"뭐?"

"어, 아니요!"

"아무것도 아니야."

여자 두 사람이 얼굴을 옆으로 돌리고 파닥파닥 손부채질했다.

"하지만 오빠. 수뇌부의 희망은 어디까지나 상대를 농락해서 동맹을 유리하게 이끌고 가는 거니까, 이쪽이 호의를 드러내면 분명 좋지 않을 거야. 물론 밀당으로 이용하면 문제는 없겠지만, 지금 오빠에게는 너무 수준이 높아서 그런 시늉은 불가능하고."

"딱 잘라 말하는데?! 뭐, 나도 알기는 하지만……."

상층부가 '블리자드 로즈'를 농락해서 에스키아 쪽으로 끌어들였다고 판단하지 않는 한, 이 맞선은 성립되지 않는다. 한편, 이쪽이 농락당할 것 같다고 판단하면 즉시 중지되리라.

하지만 그것은 상대 쪽도 마찬가지일 것이다.

즉, 서로 상대를 농락해야만 하는데 상대에게 농락당해서도 안 된다.

타협안은 전혀 보이지 않고, 제국의 그림자는 점점 뚜렷해지는 상황.

"이대로 가면 속수무책이고…….'"

아그니스는 이마를 손으로 누르더니 방문에 손을 가져다 댔다.

"잠시 머리 좀 식힐 겸 마경 이솜니아에 갔다 올게."

"일단 말해두겠는데, 마경 이솜니아가 그렇게 산책하듯이 갈만한 곳은 아니잖아."

메이의 태클과 동시에 문이 타악 소리를 내며 닫혔다.

방에 남겨진 루시아나가 곁에 있는 메이에게 시선을 옮겼다.

"저기, 메이. 내 느낌으로는 이 맞선의 앞날이 깜깜한 것 같은 기분이 드는데…….'"

"그러게요. 어쨌거나 지금은 맞선을 성공으로 이끌기 위해 아그니스 오빠의 연애 능력을 향상시키는 게 중앙의 2대 방침 중 하나인가 봐요."

"2대 방침? 나머지 하나는?"

"이번 정전 중에 은밀히 군비를 증강하는 거예요. 전쟁을 준비하는 거죠."

루시아나의 표정이 긴장을 띠었다.

"그건…….'"

"네, '블리자드 로즈'를 농락하는 게 무리라고 판단되었을 때, 즉시 이그마르를 기습할 수 있도록요. 서쪽 정세를 보아하니 제국과 이그마르를 동시에 상대하며 전력을 양분하는 진 좋은 방책이 아니에요. 그러니 동맹 교섭이 결렬된 순간, 상대가 방심하는 틈에 이그마르에 침공해서 중요 거점을 무너뜨리고 그 후 제국의 습격에 대비하겠다는 게 중앙의 방침이에요."

루시아나는 목울대를 꿀꺽 울렸다.

"맞선에서 농락하느냐, 그게 아니면 기습을 해서 전면 전쟁을 하느냐……."

극단적인 전략이 물밑에서 동시에 진행되고 있다.

메이는 팔짱을 풀고서 부단장을 향해 조심스럽게 시선을 보냈다.

"루시아나 씨는 어떻게 됐으면 좋겠어요?"

"응? 글쎄. 난 물론 전쟁을 환영해."

루시아나는 그렇게 대답한 뒤 입매를 살짝 올렸다.

"……예전 같으면 그렇게 대답했겠지만, 지금은 어떠려나. 이그마르와 정전한 지 고작 반년밖에 안 됐지만, 전에 단장님이 말씀하신 대로 피를 흘리지 않는 나날도 나쁘지 않아. 요즘엔 그런 생각이 좀 들어."

"하지만……."

"아아, 나를 걱정하는 거야? 괜찮아. 나는 군인이고 전사니까. 이 업계는 이러니저러니 해도 강하면 장땡이야. 그만큼 압도적인 힘을 보여주면 '블리자드 로즈'를 인정할 수밖에 없어.""루시아나 씨……."

"물론 기쁘지는 않아. 하지만 만약 누군가 단장님을 맡길 수 있는 여자를 꼽으라고 한다면. '최강'의 길을 오로지 혼자서 걷는 단장님의 고독을 치유할 수 있다면. 그건 그 여자밖에…… 없을 거야. ……분하지만."

"정말, 루시아나 씨! 제가 남자였더라면 가만히 내버려 두지 않았을 거예요!"

"와, 잠깐. 메이, 갑자기 끌어안지 마."

루시아나는 메이를 밀면서 미간에 주름을 새겼다.

"하지만 솔직히 이대로 가면 평화적 해결은 힘들지 않겠어? 중앙에서 파견된 강사도 벌써 다섯 명째 아니었던가?"

"네. 랄프 오빠의 관자놀이가 꿈틀거리는 모습이 눈에 선해요."

"총사령관이라. 진심으로 화내면 죽을 만큼 무섭다는 소문을 들었는데."

루시아나가 오싹한 표정으로 말했다.

"맞아요. 잔소리하는 동안엔 그나마 괜찮지만, 오히려 온화한 말투를 쓸 때가 가장 무서운 오빠죠."

메이는 작게 탄식한 후, 어째서인지 입매를 씨익 위로 올렸다.

"하지만 이걸로 됐어요."

"이걸로 됐다고? 무슨 뜻이야?"

"이만큼 실패하면, 역시 랄프 오빠도 평범하게 해서는 무리라는 걸 깨달을 거예요, 그럼 제 의견도 통하기 쉽겠죠?"

"그렇다면 뭔가 생각이 있어?"

"네. 생각이랄까, 극약 처방이지만요."

메이는 생긋 웃고서 루시아나에게 말했다.

"오빠에게는 좀 본격적인 수행을 시키려고 해요."

* * *

이그마르 왕국의 수도 펜리르에서 남쪽으로 내려온 지역.

널따란 호수가 보이는 숲 안쪽에 선 저택 욕실에서, 아름다운 소녀가 첨벙 물소리를 내며 욕조에 기댔다.

"하아……."

피어오르는 김. 한숨과 함께 물방울이 매끄러운 피부에서 미끄러지고, 분홍색 머리카락이 뜨거운 물 위에 부채꼴로 펼쳐졌다.

'블리자드 로즈'는 책 한 권을 양손에 들고서 감탄사를 내뱉었다.

"대단해. 역시 이 작가는 지뢰가 없어."

레파는 『전장에 피는 꽃』이라는 제목을 물끄러미 쳐다보았다.

책을 쓴 사람은 레파가 좋아하는 연애 소설 작가 엘리자베스 마리골드인데, 최근 신간이 나왔다는 정보를 듣고 즉시 주문했다. 목욕탕에서 가볍게 읽을 생각이었지만, 결국 페이지를 넘기는 손을 멈출 수 없어서 끝까지 다 읽고 말았다.

"정말로 애절하고 멋진 사랑이야……."

레파는 황홀하게 숨결을 흘렸다.

내용은 늘 죽음이 곁을 맴도는 전장에서, 필사적으로 살아가는 남녀의 연애 이야기다.

남녀는 어릴 적부터 서로에 대해 잘 알았다. 두 사람은 이내 주위에서 놀려댈 만큼 서로에게 푹 빠지게 되었지만, 서로에게 자신의 마음을 전하는 일은 없었다. 만약 상대에게 고백하여 연인의 연을 맺게 된다 한들, 늘 죽음이 함께하는 전장에서 살아가는 이상 언제 죽을지 알 수 없는 노릇이기 때문이었다. 자신이 죽게 된다면 연인이 홀로 남아 외톨이가 되어버린다. 이 얼마나 가슴 아픈 일인가.

하지만 몇 가지 사건을 계기로, 두 사람은 언제 죽을지 모르기에 후회는 하고 싶지 않다고 생각하게 된다.

그리고 마지막에 하는 주인공의 고백이 정말로 멋지다.

"아아, 우우."

레파는 소리를 내면서 욕조 안에서 꼬물꼬물 몸부림쳤다.

"우와, 후와와, 우냐아."

기분이 너무 고양돼서 참지 못하고 이상한 소리가 났다.

"왜 발정 난 고양이 같은 소리를 내며 몸부림치시는 겁니까. 욕구 불만인가요?"

어느샌가 문 옆에 사용인 로제린이 서 있었다.

"벼, 별로! 그, 그보다 말야! 기척을 지우고 다가오지 말라고 전부터 말했잖아."

레파는 손안에 든 책을 황급해 머리 뒤로 숨기면서 말했다.

"한참이 지나도 욕실에서 나오지 않으시기에 걱정돼서 와 봤더니, 질리지도 않고 또 연애 소설을 읽고 계셨던 겁니까? 나 원 참, 왕도에서 파견됐다가 기막혀하며 돌아간 연애 강사가 벌써 몇 명인지 아시지 않습니까? 다섯 명입니다. 다섯 명. 이대로 가면 아무리 시간이 지나도 연애 초짜를 벗어날 수 없어요."

"연애 초짜……. 그, 그래서 연애를 진지하게 공부하려고 책을 읽는 건데."

"정말인가요? 맞선이 잘 안 풀려서 현실도피 하는 게 아니라?"

"으……."

레파는 저도 모르게 뜨거운 물에 입을 담그고 보글보글 거품을 냈다.

맞선을 통해 '플레임 로드'를 농락하고, 동맹 교섭을 유리하게 이끌고 가는 것이 레파의 역할이었다. 하지만 상대 쪽도 같은 임무를 짊어지고 있다고 여겨지는 이상, 사태 고착은 필연이다.

눈앞이 깜깜한 상황에서, 아름다운 이야기에 무심코 손이

기는 것은 부검할 수 없다.

로제린은 검지로 안경을 쓱 밀어 올렸다.

"레파 님. 궁정에서 은밀하게 전쟁 준비를 하고 있다는 사실을 아십니까?"

"뭐?"

"기르강디아 제국의 위협이 현실로 다가온 지금, 동맹 교섭이 실패했을 때 즉시 에스키아를 습격해 중요 거점을 무너뜨릴 방침인 모양이에요. 제국전을 대비해 이웃 나라에 협공당할 우려를 뿌리 뽑아야만 하니까요."

"그럴 수가……."

"반대로, 충돌을 회피하려면 레파 님께서 연애 능력을 비약적으로 향상시켜 '플레임 로드'를 농락할 수밖에 없는 상황입니다."

담담하게 말한 사용인은 뒤로 숨긴 레파의 손에서 연애 소설을 빼앗아 들었다.

"자, 가공의 이야기를 아무리 많이 읽어도 연애 능력은 안 올라가요. 사랑은 실전만이 살길입니다."

"그런 소리를 해도 대체 어떻게 하면——."

"한 가지 좋은 기회가 있습니다."

레파가 곤혹스러워하고 있노라니, 로제린은 품속에서 종이 한 장을 꺼내 레파의 눈앞에 들이밀었다.

레파는 신기하다는 표정으로 표제를 읽었다.

"연애…… 서머 캠프?"

거기에는 이런 문자가 박혀 있었다.

생명이 터지는 여름.

그대는 설마 이 타오르는 사랑의 계절을 홀로 보내고 있진 않은가?

굳이 말하겠다.

그것은 생명에 대한 모독이라고.

그것은 빛나는 청춘을 낭비하는 것이라고.

자, 모여라. 길 잃은 여름의 새끼 양들이여.

단 한 조각의 용기, 그대에게 필요한 건 오직 그뿐이다.

연애 서머 캠프에서 한 체험은 그대를 사랑의 달인으로 바꾸리라.

그리고 한여름의, 아니, 평생의 사랑을 그대에게 약속하겠다.

연애 서머 캠프에 어서 모여라!

※본 프로그램은 전문가의 실전 지도를 통한 연애 능력 강화 프로그램입니다. 매년 많은 분이 애호하셔서 프로그램 종료 후에는 자신감이 붙었다, 연인이 생겼다, 꽃가마를 탔다, 다가오는 이성이 너무 많아져서 오히려 상대를 고를 수 없으니 다음엔 선택하는 방법을 가르쳐주세요☆ 등 회원

분들께서 수많은 찬사를 보내주십니다. 부디 부담 없이 참가하십시오.

　레파는 푸른 눈동자로 시중인을 바라보았다.

　"저기, 혹시 나한테 여기에 가라고?"

　"네, 이미 허가는 떨어졌습니다. 궁정에서 파견된 연애 지도 교사가 모조리 감당하지 못했으니까, 이제 그 방면의 프로에게 맡길 수밖에 없으리라고 판단했습니다."

　"진심으로 하는 소리야? 그다지 안 내키는데."

　"흐음, 어째서죠?"

　"그야…… 어쩐지 연애 약자만 모이는 거 같잖아."

　"당신이 할 소리야?!"

　로제린이 저도 모르게 태클을 건 후, 레파에게서 종이를 받아들고서 뒷장을 팔락 뒤집었다.

　"뭐, 다소 수상쩍다는 건 부정할 수 없습니다만, 강사는 제대로 된 실적이 있는 인물인 모양이에요. 『절대 성공! 너무 효과 있어서 위험한 연애 테크닉』을 비롯한 절대 시리즈의 감수자인 모양이니까요."

　"어, 그래?"

　『절대 성공! 너무 효과 있어서 위험한 연애 테크닉』은 맞선 때 실컷 참고했던 연애 지도서이다. 실전에서 써먹을 수 있었던 내용은 아주 일부지만, 분명 핵심을 찌르는 내용이 많았던 것 같은 기분이 든다. 뒷면을 보자 서머 캠프 강사의 프로필이 실려 있었다.

"……으!"

그 직후, 레파의 눈동자가 크게 활짝 떠졌다.

"왜 그러십니까, 레파 님?"

"갈래……. 난 갈 거야."

레파는 목소리를 떨면서 말했다.

"그건 무척 잘된 일입니다. 하지만 왜 갑자기 마음을 바꾸신 거죠?"

"그야, 이걸 보라고. 강사 이름——."

거기에 적혀 있는 것은 엘리자베스 마리골드라는 이름이었다.

그건 바로 지금 읽었던 책의 작가이다.

"연애 소설 말고 이런 걸 하는 줄 몰랐어. 그보다 절대 시리즈는 이 사람이 감수한 거야? 나, 그 작가의 열렬한 팬이야!"

"뭐, 어쨌거나 의욕이 생겼다니 잘 됐습니다. 계속 추태를 보이시면, 문자 그대로 제 목이 날아가 버릴 테니까요."

"무슨 소리야?"

"아니요, 혼잣말입니다."

갑자기 의욕이 넘치게 된 레파는 주먹을 꾹 움켜쥐더니 첨벙 소리를 내며 욕조에서 일어섰다.

"좋아, 이 여름에 사랑의 달인이 되겠어!"

51

"히히히."

"비웃었어?!"

저도 모르게 태클 건 레파는 문득 창밖으로 시선을 돌렸다.

맑게 갠 푸른 하늘에서는 눈 부신 햇살이 똑바로 비쳐 들어왔다. 마치 인도의 빛처럼. 국가의 미래를 걸고 각자의 의도가 교차하는 와중, 연애 숙맥들의 뜨거운 여름이 지금 막을 열려 하고 있었다.

제2장 연애 서머 캠프 개막

"여기가…… 맞겠지?"

로제린에게 연애 서머 캠프 안내를 받고 난 지 열흘 후.

이그마르 왕국 '최강'의 마술사 '블리자드 로즈' 레파 엘드리트는 상업 도시 리피르 교외에 세워진 시설에 머뭇머뭇 발을 들였다.

리피르는 상업 연합이 관할하는 도시 중 하나인데, 마수가 들끓는 스폿(장역), 정령신앙의 총본산인 신성교회와 나란히 어느 특정 국가에 속하지 않는 중립 지대에 있다.

연애 서머 캠프는 이 리피르 교외의 휴양지에서 열린다.

휴양지인 만큼 시설은 아담한 고원에 있어서, 한창 여름인데도 서늘한 바람이 불었다. 뒤를 돌아보자 새하얀 돌바닥 양옆엔 가로수가 늘어서 있고, 그 옆을 해바라기 몇 송이가 꾸미고 있었다.

"흐오오……."

레파는 주위를 둘러보면서 저도 모르게 숨을 흘렸다.

이번에 로제린은 대동하지 않았다. 맞선이 실패로 끝났을 때를 대비해, 궁정에서는 매일같이 회의를 열었다. 일찍이 군부의 유력자였다고 하는 로제린도 그 자리에 얼굴을 내밀어야만 하는 모양이다.

──요컨대, 궁정은 맞선이 성공할 확률이 낮다고 전망한다는 뜻입니다. 이번 기회를 살려 꼭 연애의 달인이 되어 그들의 코를 납작하게 만들어 주세요

레파는 사용인의 말을 떠올리면서 입술을 삐죽였다.

"말 안 해도 알아……."

불안하기도 했지만 무슨 일이 일어날 것 같은 상쾌한 예감이 들었다.

청결한 홀은 천장이 높아 개방적인 분위기였다. 안쪽 접수대에는 젊은 여성이 앉아 있었는데, 그 옆에는 '서머 캠프 접수'라는 입간판이 세워져 있었다.

레파는 접수원을 향해 머뭇머뭇 다가갔다.

"저기이……."

"어서 오세요, 서머 캠프 참가자분이시군요. 성함은?"

"그게, 레파……. 앗, 그게 아니라 레이파입니다!"

명색이 일곱 대국의 왕녀가 연애 약자들이 모이는 서머 캠프에 참가했다는 사실이 알려졌다가는, 까딱 잘못하면 주위 여러 나라의 웃음거리가 될 우려가 있다.

참가를 허가했지만 정체를 숨기라는 것이 궁정의 조건이었다.

변장도 필요하다고 해서, 수수한 복장을 고르고, 앞머리는 눈을 가릴 만큼 내리고, 로제린에게서 빌린 안경까지 착용했

다. 이름도 레이파라는 가명을 써서, 신청 프로필란에도 독서를 좋아하는 이그마르의 평범한 여성으로 기재했다.

"네, 레이파 님이시군요. 접수되었습니다. 이게 기숙사 열쇠입니다. 곧 오리엔테이션이 있으니 2번 홀에서 기다리십시오."

"고, 고마워요."

서머 캠프의 일정은 총 2주일이다.

그 기간동안 참가자는 시설 근처의 숙소에 머물며 연애 능력 강화 프로그램에 임하는 모양이다.

레파는 2번이라고 적힌 홀 문 앞에 섰다.

──어쩐지 긴장돼…….

지금부터 시작될 미지의 체험에 발이 굳어서 움직이지 않았다.

과연 잘 해낼 수 있을까? 난 연애의 달인이 될 수 있을까?

"……."

무언가를 떠올린 레파는 품속에서 은색 주먹 씌우개를 꺼내 들었다. 그것을 천천히 오른손에 착용하자 신기하게 마음이 차분해졌다.

──뭐, 살짝 뜬금없는 디자인이지만…… 패션 아이템으로 볼 수도 있겠지?

물론 이 자리에 그 사실을 지적해줄 로제린은 없었다.

심호흡을 한 번 하고 나서 문을 연 다음 홀 안으로 발을 들였다. 내부는 강당 같은 느낌이었는데, 앞쪽엔 교단과 칠판이 있고 책상과 의자가 부채꼴 계단 모양으로 배치되었다.

이미 자리에 앉아 있는 사람은 서른 명쯤.

어째서인지 전부 다 여성이다. 여성 한정 프로그램이었을까?

어린애 같은 소녀도 있거니와 묘령의 여성도 있다. 쓸데없이 멋을 부린 아이도 있고, 레파와 마찬가지로 수수한 옷을 걸친 사람도 있다. 하지만 이 자리에 있는 이상, 연애 약자인 것은 공통점이리라. 그 때문인지 일종의 독특한 분위기가 실내에 가득 차 있었다.

레파는 꿀꺽 목울대를 울렸다. 그리고 일단 주먹 씌우개를 찬 오른손을 등 뒤에 숨기면서 안쪽 비어 있는 자리에 앉았다.

──후우…….

2인석 옆자리에는 작은 몸집의 소녀 하나가 얌전히 앉아 있었다.

소녀는 새까만 고딕풍 의상을 입었는데, 어린 여자애라고 해도 지장 없을 용모였다. 트윈 테일의 금발, 흑수정 같은 눈동자에 긴 속눈썹, 천사처럼 귀여운 생김새였다. 하지만 커다란 곰 인형을 안고 있다는 점이 괜히 신경 쓰였다.

"아가씨. 내가 신경 쓰이는 거야?"

"흐엑?!"

난데없이 곰이 말했다.

아니, 그럴 리 없다. 인형이 말할 리가 없다.

"그러니까, 저기?"

"눈치 못 챈 줄 알았어? 날 뚫어지게 봤잖아."

곰이 계속해서 말했다.

아니, 그게 아니다. 곰은 말을 할 리가 없다.

레파는 여자아이를 빤히 바라보았지만, 곰을 안은 여자아이는 아무 반응이 없다.

"헤이헤이, 어디 보는 거야? 말하는 건 나잖아?"

"그, 그래?"

그렇게 말해도 어린 소녀의 작은 입이 오물오물 움직이는데.

그래도 그녀는 끝까지 앞을 보는 상태였다.

"내 이름은 벤자민이라고 해. 좋아하는 건 벌꿀. 싫어하는 건 송충이. 잘 부탁해."

"잘 부탁해. 나는, 그게, 레이파야."

레파는 '뭐, 됐어'라고 생각하기로 했다. 세상에는 다양한 사람이 존재한다.

그러자 곰은 어리둥절한 기색으로 말했다.

"흐음……, 넌 그다지 안 놀라는구나. 인형이 떠들잖아."

"그 부분은 스스로 지적하는구나. 하지만 나도 어릴 적에 곧잘 인형과 이야기했어. 달리 대화할 상대가 없었으니까."

레파가 로제린이 저택에 오기 전의 자신을 떠올리면서 대답하자, 어째서인지 곰이 기쁜 표정을 지은 것 같은 기분이 들었다.

"흐음……. 그런데 네 오른손에서 무척 불온한 냄새가 나는걸. 이 자리에 누구를 후려치려고 왔어?"

"어, 아니, 그게 아니야. 이, 이건 부적 같은 거라서."

레파는 황급히 주먹 씌우개를 찬 오른손을 책상 밑으로 숨겼다.

"너 재미있는 애구나."

"너도 상당히 재미있는 거 같은데……."

인형은 주인인 어린 소녀 쪽을 흘끗 보더니, 레파에게 소곤거리는 목소리로 속삭였다.

"덧붙여서 이 애는 로리에라고 해. 붙임성이 좀 없지만 잘 부탁해."

"아, 그래. 잘 부탁해."

정말로 세상에는 다양한 사람이 다 존재한다.

딩동댕동.

어디선가 종소리가 울리고, 접수원 여성이 방으로 들어왔다.

"여러분. 이번에 제5회 연애 서머 캠핑에 참가해주셔서 정말로 고맙습니다. 이번 체험은 분명 여러분의 인생에 큰 도움이 될 거예요."

인사를 한 스태프는 고개를 들어 프로그램 개시를 알렸다.

"그럼, 지금부터 오리엔테이션을 시작하겠습니다. 우선 강사를 맡아주실 선생님을 소개해드리겠습니다."

복도에서 또각또각 새된 발소리가 울렸다.

실내에 있는 학생들의 얼굴에 긴장이 드리워졌다.

"선생님은 전 대륙에 팬을 거느린 베스트셀러 연애 작가이자 『절대 성공! 너무 효과 있어서 위험한 연애 테크닉』, 『절대 성교! 너무 효과 있어서 위험한 마성의 테크닉』 등의 실전 연애 기술서, 통칭 『절대 시리즈』의 감수도 맡으셨습니다. 그야말로 연애의 전도사이자, 연애의 구도가── 오늘도 탁월한 통찰력과 자애의 눈빛으로 연애의 미궁에 사로잡힌 연약한 어린 양들을 이끌어주시겠죠!"

접수원 여성은 한층 더 소리를 높였다.

복도의 발소리가 더욱더 가까워졌다.

──오, 온다!

"자, 모시겠습니다! 엘리자베스 마리골드 선생님입니다!"

교실 문이 호쾌하게 드르륵 열렸다.

──?!

참가자에게서 해일 같은 술렁임이 일어났다.

거기에 나타난 인물은──.

핀처럼 뾰족한 붉은 하이힐.

반짝반짝 금빛 실이 들어간 보라색 타이트 미니 스커트.

거기에서 뻗어져 나온 다리는 길고 매끈한 데다 낭창하게 뻗었다.

감색 긴 머리카락은 윤기가 나서 한 올 한 올이 광택을 띠는 것 같았다.

새빨간 입술은 요염하게 오물거렸고——.

모난 턱에는 새파랗게 수염을 깎은 흔적이 있었다.

"흐엑?"

레파는 저도 모르게 기묘한 소리를 냈고, 동시에 방 안에 술렁임이 퍼졌다.

수염.

그것은 어떻게 봐도 수염이다.

게다가 검은 러닝셔츠에서 엿보이는 양팔과 가슴판에는 그야말로 근육과 뼈가 우람하게 부풀어 올랐다.

——나, 남자……?

차림새는 여자지만 아무리 봐도 남자다. 더군다나 연령 불명.

"안녕, 여러분 다들 잘 지내? 난 여러분의 엘리자베스양!"

엘리자베스는 기묘하게 끈적이는 목소리로 말했다.

동경하던 연애 작가의 상상을 초월하는 모습을 보자, 레파는 가슴속 무언가가 와르르 무너지는 느낌이 들었다. 어깨가 잘게 떨리기 시작했다.

"하와, 하와와와와와와와……."

"아가씨, 신경해."

옆에 앉은 곰돌이 벤자민이 말을 걸었다.

정확히 따지자면 인형은 말하지 않지만, 이제 그런 것은 아무래도 좋았다.

"하, 하하하하, 하지만!"

"그리 드문 일은 아니야. 세상에는 저런 차림새를 즐기는 남자도 있다는 거지. 리피르의 유흥가에서는 그야말로 저런 인종이 들끓어. 이 세상에는 다양한 사람이 존재한다고. 물론 우리 곰의 세계에서도 그래."

"그, 그렇구나……."

레파는 로리에라는 이름을 가진 소녀를 보았다. 하지만 그녀는 여전히 입을 움직이면서도 시선을 돌리지 않았다.

듣고 보니 이 소녀도 상당히 별나다.

"우후후, 깜짝 놀라는 아이도 있을깡? 보다시피 난 남자야. 하지만 어릴 적부터 계속 내 마음속에는 작은 여자아이가 살고 있었어. 성장 과정에서 난 그녀의 존재를 부정했지. 하지만 무시하면 무시할수록 그녀의 존재가 커졌고, 오랜 갈등 끝에 난 그녀를 받아들이기로 했어."

엘리자베스는 두꺼운 가슴에 양손을 대고 촉촉하게 말했다.

"그러자 어땠게? 무언가가 뱃속에 툭 떨어지는 기분이 들었어. 남녀의 마음을 모두 아는 난 정신이 들고 보니 희대의 연애 작가가 되어있었지……. 그리고 연애를 추구함으로써 얻은 노하우를 연애에 방황하는 여러분에게 환원하고 싶어서 이 서머 캠프를 기획한 거야."

──그, 그런 거였구나…….

레파는 고개를 끄덕이면서도 커다란 불안에 사로잡혔다. 과연 강력한 개성의 강사 밑에서, 자신은 연애 능력을 키울 수 있을까?

"바로 앞에 있는 당신. 최근에 사랑에 빠졌지?"

"어, 아, 네!"

맨 앞에 앉아 있던 여성이 화들짝 놀라 등을 쭉 폈다.

"때때로 표정이 어두워지는 건 그에 대해서 떠올리기 때문일까? 화장도 키에 안 어울려. 상대방을 돌아보게 하려고 기합을 넣었지만 헛도는 느낌이야. 어때, 내 말이 맞아?"

"그, 그 말씀대로예요……."

엘리자베스는 찡긋 윙크했다.

"후후, 솔직하고 착한 애네. 그런 동기는 대환영이야. 상대방이 실컷 돌아보게 해주자."

"네, 네……!"

"그리고 뒤에 있는 아가씨, 무리한 다이어트는 몸에 해로워. 물과 채소만 먹어서는 여차할 때 남자를 함락시킬 힘이 안 나. 건전한 연애는 건전한 식습관부터 시작이라고."

"아, 네, 네!"

늘립세도 엘리사메스는 슬쩍 본 것만으로 참가자들의 고민이나 참가 동기를 차례차례 맞췄다.

연애 소설가의 손가락은 레파의 옆에 앉은 로리에라는 어린 소녀를 가리켰다.

"곰돌이를 든 아가씨. 소심하고 낯을 가리는 자기 성격을 극복하고 싶구나. 그 마음 이해해."

"……!"

어린 소녀의 몸이 움찔 흔들렸다. 그리고——.

"다음은 그 옆에 안경 낀 당신이구나."

"네, 네엡!"

로제린에게서 빌려온 안경을 쓴 레파는 반사적으로 일어나 차려 자세를 취했다.

"넌…… 흐음, 신경 쓰이는 상대가 있구나."

"하윽!"

"무슨 일이 있어도 상대를 함락해야만 한다. 결의에 찬 의지가 느껴져."

"하으윽!"

"오른손에 찬 기괴한 물건이 신경 쓰이는데, 아마 당신에게는 소중한 거겠지?"

"하으으윽!"

"후후. 좋아, 잘 따라오렴! 극상의 테크닉을 척척 심어줄게!"

"흐아, 와, 하, 네엡!"

레파는 어째서인지 마지막에 경례한 뒤 자리에 앉았다.

엘리자베스는 회장을 대강 둘러보고서 자애가 담긴 눈빛으로 입을 열었다.

"자, 이만하면 됐나. 연애 고민은 사람마다 제각각이지만, 중요한 건 단 하나. 요컨대 연애라는 거친 파도를 헤쳐나갈 각오가 있느냐 없느냐야."

"으어……!"

"그 남자를 내 것으로 만들고 싶니?"

"우오오오."

"한여름의 사랑을 손에 넣고 싶니?"

"우오오오오오오오."

"그럼 묻겠어! 환호성으로 답해! 사랑의 달인이 되고 싶니이이?!"

"우오오오오오오오오오오옷!"

"좋아, 혼의 열기를 확실히 받아들였어! 전력으로 갈 테니까 낙오되지 않게끔 잘 따라와아아아아!"

"우오오오오오오오오오오오오오오오오오오오오오오오오오오오오오옷!"

회장에 큰 환성이 울려 퍼지고, 열기가 소용돌이쳤다.

"우오오오옷!"

레파도 오른손을 높게 들고서 포효를 질렀다.

펑펑이다. 역시 엘리자베스 선생님은 대단하다.

"히얏호오오잇!"

곰돌이 벤자민이 양손을 올리며 소리치고, 그다음 로리에
도 살짝 왼손을 들었다. 로제린이 자리를 비운 지금, 딴죽 걸
사람이 없는 열정의 연애 강의는 오로지 속도를 더해간다.

"자아아아, 분위기도 따끈따끈해졌으니 곧바로 시작하겠
어어어. 레슨 1!"

엘리자베스는 손가락을 따악 튕기고, 뒤쪽 칠판에 호쾌하
게 문장 하나를 적었다.

――사람은 첫인상이 9할.

"자, 따라 읽어봐."

"사람은 첫인상이 9할."

"목소리가 작아!"

"사람은 첫인상이 9할!"

"다시 한버어어언!"

"사람은 첫인상이 9할!!"

굵은 목소리로 외치던 엘리자베스는 갑자기 온화한 음색
으로 교단을 또각또각 걷기 시작했다.

"사람은 어떻게 사랑에 빠지는가. 이 사람과 연애하게 될
지도 모른다는 예감은 대체 언제 드나? 넌 어떻게 생각해?"

"네, 네! 그러니까. 평소처럼 만난 와중에, 상대의 무심한
다정함을 봤을 때라든가……?"

학생 중 한 사람이 대답하자, 엘리자베스는 쯧쯧 혀를 차며 검지를 좌우로 흔든 다음 칠판에 오른손을 타악 댔다.

"노옹. 그런 느긋한 때가 아니야. 정답은 '첫 대면'이야. 내 조사에 따르면 상대가 연애 대상에 들어갈지 아닐지, 사람은 처음 만났을 때 무의식으로 판단해. 그것도 고작 1분 이내에."

두근.

──괜찮아. 내가 구해줄게.

어릴 적, 죽음을 각오했던 마경 이솝니아에서 처음 보았던 작은 소년이 걸어준 말이 문득 귓가에 되살아났다. 그러자 레파의 가슴이 두근거리는 소리를 냈다.

"물론 찬찬히 시간을 들여서 신뢰 관계를 쌓은 다음, 애초 생각해보지도 않았던 상대와 사랑에 빠질 때도 있다는 건 부정 안 해. 하지만 그건 드문 경우라는 걸 기억해둬. 무슨 말을 하고 싶으냐 하면, 첫인상으로 상대의 연애 사정권에 들어가는 게 정말 중요하다는 소리야. 첫 대면에서의 어필 능력이 사랑의 성취를 가르지. 극단적으로 말하자면, 사랑의 성공은 시작하기 전에 정해지는 거야."

"과, 과연……."

레파는 저도 모르게 고개를 끄덕였고, 곰 벤자민은 휘파람을 휘익 불었다.

근육과 뼈가 우락부락한 강사는 생긋 미소 짓더니 즐겁게 학생들을 둘러보았다.

"그런고로 엘리자베스류 연애 레슨은 오로지 실전만이 살 길이야. 즉시 시험해볼게에."

"──뭐?"

──어, 어어어, 어쩌지……?

의자에 걸터앉은 레파는 몸을 굳히며 아래를 보았다.

강의 후, 여자들은 다른 홀로 장소를 옮겨서 원 모양으로 늘어진 의자에 앉게 되었다.

눈앞에는 마주 보듯이 빈 의자가 놓여있었다.

원 중앙에 선 엘리자베스가 손뼉을 짝짝 쳤다.

"자, 다시 한번 설명할게. 지금부터 여러분은 1분 동안 자신을 어필할 거야. 상대는 프로그램에 참가하는 남자들. 사랑의 사정권에 들어가도록, 서로 힘내서 어필해애."

참가자가 여자뿐이라서 희한하다고 생각했는데, 남자와 여자는 따로따로 오리엔테이션을 한 다음 이 자리에서 처음 대면한다고 한다.

──무, 무리야…….

이미 레파의 긴장은 극한에 다다랐다.

애당초 같은 또래 남자와 제대로 얘기해 본 적도 없는데, 갑자기 초면인 상대에게 자기 어필을 하라니 너무 수준이 높다. 양 무릎 사이에 끼워 넣은 손은 땀으로 축축하게 젖고, 어질어질 현기증이 나기 시작했다.

끼익 소리를 내며 입구의 문이 열리고, 여러 개의 발소리
가 홀 안에 울렸다. 남자들이 들어온 거겠지만, 레파는 긴
장해서 고개를 들 수 없었다.

누군가가 눈앞에 있는 자리에 앉았다. 낮은 시야에 상대
의 바지만이 비쳤다.

——하와, 하와와와…….

"자아, 신사 숙녀 여러분, 준비는 다 됐니? 여기서는 1분
동안 자기소개와 대화를 할 거야. 1분마다 신호를 줄 테니
까, 남자들은 자리를 옆으로 옮기도록."

때앵 종을 두드리는 소리가 나고, 엘리자베스의 굵은 목
소리가 울렸다.

"자, 시작하렴!"

——아와, 와와와와와와와와와…….

레파의 몸의 잘게 떨렸다.

하지만 존경하는 선생님의 말씀이니까 따라야 한다.

"……레, 레, 레, 레, 레이파입니다…….."

레파가 결심하고 고개를 아래로 숙인 채 말하자,

"난 애시야……."

남자가 조용히 대답했다.

——?

그 순간, 레파는 기이한 기분에 사로잡혔다. 굳은 몸에서

힘이 쓰윽 빠져나가고, 갑자기 긴장이 풀리는 것 같았다. 어쩐지 안심감이 드는 음색이었다.

레파는 머뭇머뭇 고개를 들었다.

다리에서 몸통으로. 호리호리한 체형이지만, 옷 위로도 잘 단련된 근육이 돋보였다.

더욱더 시선을 위로 올렸다.

흑발이다. 입에는 어째서인지 마스크를 썼다.

목에는 낡은 펜던트가 걸려 있고, 눈동자는 타오르는 것 같은 진홍색이었다.

──응?

"하?"

"어?"

상대도 얼떨떨한 기색으로 이쪽을 보았다.

"하아아아앗?"

"어어어어어?"

두 사람은 동시에 소리를 질렀다.

기묘한 변장을 했지만── 틀림없다.

그자는 레파의 맞선 상대이자 에스키아 공화국 '최강'의 검사.

바로 '플레임 로드' 아그니스 레스터였다.

* * *

!?

시간은 맞선 날로 거슬러 올라간다.

첫 맞선이 어이없이 실패로 끝난 후, 레바민트 국왕 에리카의 집무실에는 시중인 시렌 외에 두 사람이 모여 있었다.

"연애 서머 캠프라고요?"

"분명 재미있어 보이기는 합니다만……"

작은 몸집에 붉은색 눈동자를 가진 소녀 메이와 안경 쓴 메이드 로제린이 테이블에 펼쳐진 신문을 바라보면서 말했다.

거기에는 연애 서머 캠프 광고가 끼어있었다.

에리카가 광고를 팔랑팔랑 흔들며 즐거운 표정을 지었다.

"그래. 이 기획에 두 사람을 보내면 어떨까 해서."

"재미있을 거 같긴 하지만…… 아그니스 오빠는 상식을 뛰어넘는 연애 숙맥이니까, 프로의 지도를 받아봤자 별수 없을 거 같아요."

"이쪽도 마찬가지로군요. 레파 님께 연애 테크닉을 가르치는 건 개에게 경제학을 가르치는 것보다 어렵거든요."

"연애 능력에 관해서는 친지도 전혀 믿지 않는구나……"

광고를 테이블 위에 놓은 에리카는 안쓰럽다는 듯이 말한 후, 입가를 살짝 올리며 말했다.

"하지만 연애 능력 강화가 목적이 아니라면?"

""……!""

메이와 로제린은 한순간 입을 다문 후, 천천히 고개를 끄덕였다.

"과연, 그런 의도입니까?"

"상당히 강경한 수이기는 합니다만……."

"이해력이 빨라서 살았어. 강경한 건 알지만 억지로라도 상황을 움직이지 않으면 사태는 고착 상태일 거야."

"저기, 에리카 님, 저는 아직 잘 모르겠습니다만……."

에리카는 곤란한 기색으로 고개를 갸웃거리는 시중인에게 설명했다.

"시렌, 현재 양국 상황이 어떤지는 전에 설명했었지? 양쪽 다 상대를 농락시켜야 하지만, 상층부가 보는 앞에서 어느 한쪽이 농락당할 수는 없어. 이대로 가다간 그저 평행선을 달릴 뿐. 기한이 지나가 버릴 거야."

규약으로 정해진 맞선 기한은 1년. 이 기간 안에 양국 '최강'의 혼인이 성립되지 않으면 동맹 교섭은 자동으로 취소되고, 양국은 다시 전쟁으로 방향을 틀게 되리라.

"그 말씀은 들었습니다만……."

"거꾸로 말하자면 말이야. 이 기간에 두 사람의 혼인이 성립되면, 규약상 양국은 동맹을 맺을 수밖에 없어. 그게 세 대국 사이에서 맺은 규칙이니까."

"거기까지는 알겠습니다."

"그럼 어쨌거나 결혼시키면 될 거 같아서."

"네?"

시렌은 눈을 휘둥그레 떴다.

"어쨌거나 결혼? 하, 하, 하지만……."

"혼인 자체는 간단해. 코베르나 대륙 각국이 비준하는 대륙법상으로는 혼인신고서에 양자가 서명한 다음, 관청과 신성교회의 창구에 제출하면 그만이니까."

"하, 하지만 미성년일 경우엔 보호 감독자의 사인이 필요하지 않나요?"

"그렇지. 보통 보호 감독자는 서로의 부모가 되겠지만, 이번 규약에서는 두 사람의 혼인 상 보호 감독자는 양국의 '국가 주석'이 담당한다고 규정되어 있어."

"즉, 양국 우두머리의 사인—— 승낙을 얻지 않는 한, 혼인은 성립되지 않겠군요. 그럼——."

"다만, 그건 미성년일 경우야."

"……?"

에리카는 미간을 찌푸리는 시렌에게 당연하다는 듯이 말했다.

"대륙법상 성인이 된 남녀가 결혼할 경우, 딱히 보호 감독자의 사인은 필요 없잖아."

"아니, 하지만, 두 사람은 열여섯 살이었죠? 완전 미성년이에요. 애당초 그들이 미성년이고, 보호 감독자의 허가가 필요하다는 전제가 있기에 교섭이 성립된 거죠? 당사자들의 의지로 멋대로 결혼해 버리면, 교섭하는 의미가 사라지는 것 같은 기분이 듭니다만…….”

그러자 에리카는 장난기가 발동한 표정으로 미소 지었다.

“후후, 날 누구라고 생각하는 거야, 시렌? 그건 국왕의 강한 권력을 써서 일시적으로 법률을 바꾸면 그만이야. 레바민트 왕국에서는 열여섯부터 성인으로 인정하겠다고 말이야.”

“네?”

“대륙법에서는 외국인이라도 각국 영토에서는 그 나라 법률을 따라야 한다는 규정이 있어. 일시적으로 법률을 바꿔 두 사람을 성인으로 만든 다음, 이 레바민트 왕국에서 결혼시키면 돼. 그럼 보호 감독자의 사인은 필요 없고, 대륙법과 동맹 교섭 규약 모두 위반하지 않아.”

시렌이 얼빠지게 말했다.

“그, 그 이유만으로 법률을? 일시적인 수단이라고는 해도, 국내에 큰 혼란이 일어날 것 같은데요. 게다가 애당초 두 나라가 가만히 있지는 않을 것 같습니다만.”

“그렇겠지. 상당한 비판을 받겠지만, 그 두 사람은 나라를 구해줬어. 그 정도 각오가 없으면 여자 체면이 구겨져.”

“머……, 멋지다…….”

시렌은 어째서인지 뺨을 발그레 붉혔지만 문득 고개를 갸웃거렸다.

“분명 그 방법은 두 나라의 상층부도 예상치 못한 꼼수 같습니다만, 그녀랑 '최강' 두 사람을 연애 캠프에 보내는 게 대체 무슨 관련이죠? 지금 이야기대로라면 에리카 님이 주도해서 두 사람을 억지로 결혼시키면 끝나는 걸 텐데요."

"적어도 두 사람의 동의가 필요하잖아. 정말로 결혼하게 되면 그들에게도 마음의 준비랄까, 마음가짐이 필요해. 두 사람 다 서로를 의식하는 주제에 여차할 때가 되면 묘하게 고집을 부리는 구석도 있고."

"역시 대단하시네요."

"잘 알고 계세요."

'최강'의 여동생과 사용인이 동의를 표했다. 시렌이 천천히 고개를 끄덕였다.

"과연……. 그래서 두 사람을 멀리 떨어진 땅으로 보내는 건가요. 결혼을 대비해 서머 캠프라는 구실을 이용해, 속박 없는 곳에서 두 사람의 사이를 다지게 한다고요?"

"그래. 수뇌부에는 상대를 농락하기 위한 연애 능력 강화 목적이라고 하면 서머 캠프에 참가할 구실을 댈 수 있잖아. 이런 방면의 이벤트는 대체로 만남의 장소를 겸하니까, 이 기회에 각오하고 커플이 되어줘야겠어."

에리카가 그렇게 말하자, 메이드는 비에 젖은 머리카락을 귀에 걸면서 입을 열었다.

"두 사람에게 어디까지 사전에 알릴지가 고민스럽군요."

"평범하게 생각하면, 결혼시킬 테니까 이 기회에 함께할 마음의 준비를 하라고 말해야겠지만……."

메이가 중얼거리면서 미간을 찌푸렸다.

"하지만 망설여져. 주위가 강경하게 움직임으로써, 그 두 사람이 조금씩 쌓아온 것을 부서뜨려버릴 것 같아서……."

"그렇게 느긋한 소리를 할 여유는 없을지도 몰라요."

"그건 알지만……."

로제린의 말에 메이가 입술을 삐죽이며 대답했다.

에리카는 테이블 위에서 손가락 깍지를 끼고서 기묘한 표정을 보였다.

"그러네……. 잠시 생각해봤는데, 이 상황에서는 굳이 아무 말도 하지 않고 둘만 보내는 건 어떨까? 저쪽에서 만난 것도 우연이라고 하고. 이 기회에 그들이 서로의 마음에 솔직해져서, 스스로 커플이 되기를 기대한다는 건 어때?"

메이와 로제린의 시선을 받으며 에리카는 말을 이었다.

"감정적인 이유가 아니라, 훨씬 더 장기적인 관점이야. 이번에 규약의 허점을 찔러서 혼인으로 끌고 간다고 해도, 양국에 동맹 반대파는 여럿 있을 테니 앞으로 많은 방해나 고난이 찾아오겠지. 주위의 독촉이 아니라 자신의 강한 의지로 함께하기를 선택하지 않으면, 일시적으로 혼인시켜봤자 오래 버틸 수 없을 거야."

"즉, 이 기회에 두 사람이 자기 의지로 커플이 되면, 에리카 씨가 움직여서 그대로 결혼으로 끌고 가겠다. 만약 커플 관계가 생념되시 않으띤 이 이야기는 배기로 돌린다는 거가요?"

메이가 말하자, 에리카는 수긍했다.

"그래. 레바민트로서도 법률 개정에 따른 국민의 불만이
나 혼란, 장차 에스키아나 이그마르와의 관계에 악영향을
끼치는 건 피할 수 없어. 그에 걸맞은 위험 부담을 짊어지
게 되겠지. 그 두 사람이 진심이라면 온 힘을 다해 지원하
겠지만, 나약한 각오라면 그렇게까지 할 수 없어. 이 기회
에 둘이 가까워질 수 없다면 솔직히 아무리 맞선을 거듭해
도 무리겠지."

메이가 잠시 고민한 다음 동의를 표시했다.

"서로의 마음이 진짜인지 아닌지 여기에서 시험한다는 거
군요. ……알겠어요. 도박이기는 하지만, 오히려 우리가 곁
에 있으면 두 사람은 솔직해질 수 없을 거 같고요."

로제린은 잠시 입을 다문 후, 문득 미소 지었다.

"저도 동참하겠습니다. 그게 더 재미있을 테니까요."

에리카가 결의를 담은 눈빛으로 천천히 고개를 끄덕였다.

"그럼 정해졌구나. 이쪽은 어떻게든 서머 캠프가 끝날 때
까지 법률 개정 준비를 진행해 놓을게. 커플이 성립되는 대
로 혼인 수속을 진행하겠어. 뒷일은 두 사람의 인연을 기대
하자."

그리고 에리카는 덧붙이듯이 말했다.

"뭐……, 조금 불안하기는 하지만."

"많이 불안해요. 벌써 위가 쑤시는걸요. 아, 토할 거 같아……."

"저도 심한 두통이……. 그 두 사람이 모이면, 대체로 변변찮은 일이 일어나니까요."

"그, 그렇게 심각한가요? 하지만 분명 괜찮을 거예요. 좋은 소식을 기대하죠!"

깊게 한숨을 쉬면서 우울하게 얼굴을 마주하는 세 사람.

시렌 혼자서 격려하는 목소리가 실내에 공허하게 울렸다.

* * *

무대는 다시 리피르 교외에서 열리는 연애 서머 캠프로 돌아간다.

자기 어필 자리에서는 관계자들의 심오한 의도와 비장한 각오와 구역질이 날 만한 불안 등을 알 리 없는 '최강' 두 사람이 경악한 표정으로 마주했다.

"이, 이봐. 왜 네가 여기에……."

"어? 그야, 그건 연애 능──."

아그니스의 물음에 반응할 뻔했던 레파는 그때 화들짝 깨달았다.

──안 돼!

그러고 보니 정체를 밝혀서는 안 됐다.

그보다 그 이전에 언에 능력을 단련하기 위해서 서머 캠프에 참가했다는 말을 한다면, 농락해야 할 상대에게 연애 약자라고 선언하는 것이나 마찬가지 아닌가.

레파는 엉겁결에 말을 바꾸었다.

"무, 무슨 소리지? 난 독서를 좋아하는 평범한 여자 레이파야. 누, 누군가랑 착각하는 거 아니야?"

"그, 그래?"

"그보다, 어째서 네가……."

"나 말이야? 난 연애 능——."

아그니스는 말을 꺼낼 뻔한 참에 붉은 눈동자를 번뜩 떴다.

"……무슨 소리지? 난 어디까지나 신참 요리사인 일반인 애시야. 사람 잘못 본 거 아닌가?"

"그, 그랬어?"

……다른 사람인가.

그런 말을 듣자 레파는 안심한 것 같기도 하고 어딘가 유감스러운 것 같기도 한, 그런 마음이 들었다—— 아니, 그게 아니지. 그럴 리가 있나.

다른 사람이라면 모를까, 변장했다고 해서 자기가 이 남자를 착각할 리 없다.

그렇다. 잘못 봤을 리가 없다.

즉, 저쪽에서도 천하에 이름을 떨치는 검사가 연애 캠프에 참가했다고는 입이 찢어져도 말할 수 없는 것인가? 그렇다면——.

"흐음, 요리사구나…… 덧붙여 어떤 요리를 해?"

"요리? ……그게…………."

"설마 말 못 하는 거야?"

"바, 바보! 너무 많아서 말이 안 나왔을 뿐이야. 이, 이를 테면 큰 뱀의 껍질을 벗겨서, 널려 있는 잡초에 버무린 다음 모닥불에 찐 거라든가……?"

"그건 절대로 일반 요리가 아니잖아?! 그런 걸 어디서 먹어? 혹시 전장에서?"

아그니스는 낭패스러운 표정을 지었다.

"어, 아니! 우, 우리 가게는 전장 요리 전문점이야. 그보다 독서를 좋아한다고 했는데, 어떤 책을 읽어?"

"아아, 연……이 아니라 마술서. 마술서를 읽고 있어."

"……마술서? 평범한 여자가?"

——말이 헛나왔어어어!

오히려 지금은 연애 소설이라고 말해야 했을 상황이었다.

"아, 아니야. 마술서라고 하면 어쩐지 멋져서 요즘 독서하는 여자 사이에서는 유행하고 있거든. 아아, 어둠 계열 마술의 마법진은 복잡하고 기괴해서 멋지다 싶은 그런 느낌이야."

"그거 꽤 무리수인 거 같은데?"

"그, 그그, 그렇지 않아."

레파는 오른손으로 이미에 흠뻑 배어 나온 땀을 닦았다.

그 순간──.

"크크크……."

아그니스가 불현듯 느긋한 웃음소리를 냈다.

"……? 왜 갑자기 웃고 그래?"

"마무리가 허술하군. 그 오른손에 찬 물건은 눈에 익은 거 같은데."

"……어?"

──아뿔싸아아아아아아아아!

레파의 얼굴이 경악으로 일그러졌다.

그러고 보니 부적 대신 주먹 씌우개를 끼우고 있었다.

"아니, 이, 이건!"

"내가 착각할 리 없지. 어차피 내가 건네준 거니까. 크크, 마침내 꼬리가 잡혔구나. 천하의 '블리자드 로즈'나 되는 사람이 설마 이런 곳에 올 줄이야."

"아, 아니야. 아니라고오오!"

끔찍하다.

레파는 의자에서 무너져 내릴 뻔했지만, 그 상황에 깨달은 사실이 있었다.

"아니, 잠깐……. 지금 내가 이걸 건네줬다고 말했지? 그렇다면 넌 역시 '플레임 로드' 맞잖아?"

"이런……!"

아그니스는 자신이 커다란 무덤을 팠다는 사실에 숨을 멈췄다.

"……."

"……."

전략적 맞선 상대이자 천하 무쌍의 '최강' 동지.

그런 두 사람이 연애 약자가 모이는 캠프에서 마주 앉은 상황에 이루 말할 수 없는 침묵과 눈싸움이 이어졌고——.

"자. 1분 경과! 남자는 자리를 옆으로 옮겨."

"어, 벌써 시간이 됐어?!"

연애 강사 엘리자베스의 목소리가 울리자, 레파는 깜짝 놀라 고개를 들었다.

결국 기묘한 시선을 교환한 채, 남자는 자리를 옮기게 되었다.

그 후 "듀후후", "처음 뵙겠소이다", "레이파 씨라고 하는구려" 등 다소 이상한 말투를 쓰는 남자들이 앞을 지나갔지만, '플레임 로드'의 등장에 동요한 레파는 건성으로 맞장구를 칠 뿐이었다. 그리고——.

"자. 다음이 마지막이야. 마음을 놓지 말고 힘내!"

엘리자베스의 신호가 귀에 들어오자, 레파는 마침내 제정신을 차렸다.

——어?

어느샌가 마지막 어필 순서였다. 의식이 날아간 모양인지

충산에 있었던 일의 기억이 흐릿했다.

——이러면 안 돼. 선생님 말씀대로 전혀 못 했잖아.

레파는 뺨을 짝짝 두드렸다.

마지막으로 눈앞에 앉은 이는 젊은 청년이었다.

가느다란 체구에 여성이라는 말을 들어도 놀랍지 않을 만큼 중성적이고 아름답게 생겼다. 사락사락 흘러내리는 머리카락은 전부 흰색이었는데, 어딘가 그윽한 분위기를 자아냈다.

"반갑습니다. 카이라고 합니다."

"아, 네, 레이파입니다."

마지막쯤은 제대로 해야지.

레파는 마음속으로 기합을 다시 넣고, 눈앞에 있는 남자를 상대했다.

"레이파라. 넌 왜 여기에 왔지?"

"그게…… 다른 사람이 권해서요."

"그렇구나. 난 사랑을 알기 위해 왔어."

"사랑, 이라고요?"

카이는 어째서인지 의기양양하게 고개를 끄덕였다.

"응. 난 음유시인이야. 아마, 난 시를 짓는 데 굉장한 재능이 있어. 하지만 사랑만은 아직 잘 모르겠거든. 사랑에 대해서 모르는 음유시인은 맛없는 요리를 하는 요리사 같다는 생각이 들더라고."

"네에……."

"그러니까 내 시를 들어줄래? 겸사겸사 어필도 될 거야."

"아, 네."

카이는 갑자기 작은 은 하프를 꺼내 들어 띠리링 울렸다.

"사랑이란 뭘까? 먹으면 달콤할까? 아니면 짠맛일까? 아니면 신맛이거나, 실은 의외로 쓸쓸할지도 몰라. 그러면 빵에 끼워서 먹어보자. 아앗, 어떻게 된 거냐?! 이 빵은 곰팡이가 슬었잖아. 이봐, 물을 줘."

아득한 눈빛으로 마지막에 하프를 한 번 더 띠링 울렸다.

"……어때?"

"그게…… 잘 모르겠는데요."

"그렇구나……. 좀 어려웠을까? 난 시의 재능이 흘러넘치는데, 사랑을 노래할 때만큼은 엉터리가 되어버려. 왜냐하면 사랑을 모르니까."

카이는 충격을 받은 모양이었다. 고개를 추욱 떨궜고, 목소리는 나약했다.

"잘 모르겠지만…… 그래도 싫지는 않아요."

그렇게 말하자 그는 갑자기 얼굴을 활짝 폈다.

"정말이야? 그래, 넌 내 재능을 이해하는구나?"

"아니, 그건 뭐라고 하기가 좀 그런데."

"그래! 역시 난 시에 재능이 있었어."

"저기……?"

"뭐, 사랑을 모르는 게 유일한 결점이기는 하지만, 사랑을 모르는 음유시인이라니 곰곰이 생각해보니 노래를 잊은 카나리아 같아서 오히려 시적이잖아. 후후후."

"그, 그러네요……."

그렇게 어필 타임이 끝났다.

레파는 세상에는 정말로 다양한 사람이 존재한다는 사실을 다시금 깨달았다.

한편, 아그니스는 마지막 어필 상대로 금발 트윈 테일의 어린 소녀와 마주했다. 그녀는 계속 바닥만 바라봤고, 어째서인지 커다란 곰 인형을 안고 있었다.

메이의 권유를 받아 연애 서머 캠프에 찾아오기는 했지만, 갑자기 맞선 상대인 '블리자드 로즈'와 맞닥뜨려서 아직 동요가 가시지 않았다.

정신을 차리니 마지막 한 사람이 남았다는 느낌이었다.

──안 돼. 기합을 넣어야지.

아그니스가 크게 숨을 들이마시며 아랫배에 힘을 실었을 때,

"여어, 난 벤자민이라고 해. 넌?"

곰이 말을 걸어왔다.

"난, 애시야."

"잘 부탁해, 애시. 넌 왜 여기에 왔어?"

"여동생이 가라고 했거든. 그러는 넌?"

"난 보다시피 곰이잖아? 인간과 어떻게 소통해야 하는지 배우러 왔어."

"그렇구나. 뭐, 인간이어도 어렵지. 검을 다루는 게 훨씬 쉬워."

"흐음, 넌 검을 다뤄? 혹시 의외로 강해?"

"그래, 엄청나게 강한…… 것 같은 기분이 들어."

"희망 사항이냐?!"

그러고 보니 말을 섣불리 해서 '블리자드 로즈'에게는 들켜버렸지만, 다른 참가자에게 '최강'의 검사 '플레임 로드'라는 사실을 들켜서는 안 된다.

그런 느낌으로 이야기했더니 어필 타임이 끝났다.

곰은 자리에서 일어선 아그니스를 살짝 초조한 기색으로 불렀다.

"저기, 잠깐 너."

"응?"

"어째서 아무런 태클을 안 거는 거야? 어째서 다른 녀석처럼 이상한 눈으로 안 보는 거지? 인형이 말을 하다니 이상하다는 생각이 안 들어?"

아그니스가 이상하다는 표정으로 뒤를 돌아보았다.

"예전에 여동생이 울었을 때, 내가 아무리 달래려고 해도 통하지 않은 적이 있었어."

"……?"

"……그럴 때 인형을 건네주면 여동생은 울음을 그치곤 했지. 여동생은 계속 인형과 얘기했어. 그러니까 인형이 떠들어도 놀랍지 않아."

"……!"

소녀는 처음으로 고개를 들었다. 그녀는 흑수정 같은 눈동자를 커다랗게 번쩍 떠서 다른 자리에 앉은 '블리자드 로즈'라 여겨지는 인물을 보았다. 그다음 다시 아그니스에게 시선을 되돌린 뒤 또 고개를 아래로 숙였다.

아그니스는 뺨을 벅벅 긁적이면서 세상에는 다양한 녀석이 존재한다고 생각했다.

"자아, 수고했어. 1분 동안의 어필, 생각보다 어려웠지?"

엘리자베스가 손뼉을 짝짝 치면서 학생들을 둘러보았다.

어필 타임이 끝난 뒤, 이번에는 남녀 함께 강당에서 강의를 받게 되었다.

계단 형태로 배치된 테이블에서는 '플레임 로드'와 '블리자드 로즈'가 나란히 앉았다.

레파는 옆에 앉은 남자에게 소곤소곤 말을 걸었다.

"차, 착각하지 마. 로제린이 가라고 해서 왔을 뿐이지, 딱히 연애가 서투르지는 않으니까."

"나 역시 마찬가지야. 메이가 무슨 일이 있어도 가달라고 부탁해서 어쩔 수 없이 왔을 뿐이지, 전혀 연애에 애먹지 않아."

"뭐, 내 경우, 원래 높았던 연애 능력을 더욱더 키우기 위해서 왔다고나 할까. ……곤란해. 이 반전 매력으로 그 누구도 닿을 수 없는 높은 사랑의 경지에 도달해 버릴지도 몰라."

"헛소리하긴. 그건 내가 할 소리야. 연애라는 산의 정상에 서는 건 나 혼자면 충분해."

두 사람의 눈동자가 쓰윽 가늘어졌다.

"그럼 승부할까?"

"……재미있네."

"거기, 어째선지 불온한 분위기가 흐르는데, 잡담은 금·물★"

엘리자베스에게 주의를 받은 두 사람은 황급히 자세를 바로 고쳤다.

강사는 전체적인 강의 평가를 늘어놓은 후, 자기 어필 포인트에 대해 설명하기 시작했다.

역시 중요한 것은 외모. 첫인상에 미남미녀가 유리한 것은 틀림없다. 다만, 이때 청결한 느낌이 들면 크게 감점을 받지는 않는다. 그리고 이야기를 이끌어가거나 상대에게 흥미를 품었다는 자세가 중요하다는 것, 그밖에도 상황에 따른 화제 선택 등의 강의가 이어졌다.

이를테면 거리에서 말을 걸 때 그냥 무작정 다가가면 상

베기 싱케이니께, 이미 좋은 끼께를 모그나가 등이 기언스러운 질문부터 시작하면 대화로 이어지기 쉽다는 등.

──정말로 피가 되고 살이 돼.

레파가 메모를 적으면서 옆을 보자, '플레임 로드'도 정신없이 펜을 놀렸다.

"──대강 이런 느낌일까. 어때, 다들 알았어?"

"네!"

학생들이 일제히 대답했다.

레파는 어째서인지 경례했고, 아그니스는 심장에 오른손을 댔다.

엘리자베스는 만족스럽게 고개를 끄덕였다.

"무척 좋은 대답이야. 하지만 머리로 이해하는 것과 실제로 하는 건 하늘과 땅 차이지."

아그니스가 피식 웃었다.

"그 말이 맞아. 몇 번이고 반복해서 몸에 익고 나서야 비로소 기술이라고 할 수 있지. 저 강사도 뭘 좀 아네."

"맞아. 선생님은 대단한 사람이라니까."

두 사람은 소곤소곤 말을 나눴다.

겉모습은 강렬하지만 연애 강사가 하는 말은 하나하나 수긍이 갔다. 이 강의를 받으면 정말로 연애 마스터가 될 수 있을지도 모른다. 다만, 아까 전 자기 어필 타임 같은 심장에 나쁜 경험은 피하고 싶다.

그렇게 생각했는데 그런 희망은 멋지게 배반당하고 말았다.

"자, 그럼 엘리자베스류 연애 강의는 어디까지나 실전만이 살길! 자, 레슨 2! 다음은 야외 연수야아!"

""──어?""

"……헌팅?"

연수 시설 뒤편 광장에 모인 참가자 사이에 술렁임이 퍼졌다.

레파는 검지를 이마에 댔다.

"헌팅? 들어본 적은 있는 거 같긴 한데 그게 뭐였더라?"

그녀가 읽는 책은 연애 소설뿐이라서 헌팅 장면 따위는 좀처럼 나오지 않았다.

아그니스가 허리에 손을 대고서 한숨을 쉬었다.

"너, 그런 것도 모르는 건가?"

"뭐야. 넌 알아?"

"당연하지. 짐승을 사냥하는 거야."

"아, 그렇구나. 어쩐지 들어본 적이 있는 거 같더라니."

다시 한번 설명하자. 이 자리에 메이와 로제린은 없었다.

"이거 봐, 애시랑 레이파. 왜 아까부터 이상한 소리를 하는 거야? 헌팅의 의미가 전혀 다르다고."

곁에 있던 곰 인형이 끼어들었다.

인형을 끌어안은 로리에는 어쩐히 다른 곳을 바라보고 있었다.

"헌팅이라는 건 처음 보는 이성에게 말을 걸어서 꼬시는 게 아니었던가……?"

백발 미청년 카이가 휘적휘적 몸을 흔들면서 말했다.

"어?"

"뭐?"

레파와 아그니스는 할 말을 잃은 채 서로 얼굴을 마주 보았다.

강사 엘리자베스가 손뼉을 치면서 소리를 질렀다.

"자, 다들 준비는 다 됐니? 지금 말한 것처럼 레슨 2는 헌팅이야. 여긴 관광지이기도 하니까 큰길에 가면 젊은 남녀가 무더기로 있어. 다음엔 프로그램 참가자끼리가 아니라, 실제로 거리를 오가는 사람에게 자기 어필을 해보자. 이번엔 함께 차를 마실 수 있으면 성공이야."

두 사람의 얼굴에 긴장감이 쓰윽 퍼졌다.

"지, 진담이냐……?"

"거, 거짓말이지?"

참가자들 사이에서도 술렁임이 이어졌다.

헌팅이라는 시험은 연애 약자들에게 허들이 너무 높고 큰 과제였다.

엘리자베스는 안색이 퍼레진 학생들에게 윙크했다.

"뭐, 뜬금없이 혼자서 보내기는 불쌍하니까 처음엔 2인 1조로 하겠어. 제비뽑기해서 팀을 결정할 거야."

그리고——.

"힘내자, 애시."

"그, 그래."

"곤란하게 돼버렸구나, 레이파……."

"으, 응."

아그니스와 카이, 레파와 로리에(+곰)라는 조합이 나왔다.

——하와, 하와와와와와와와.

거리에 가서 이성에게 말을 건다는 미지의 행위에 레파가 잘게 몸을 떨고 있노라니, 문득 아그니스와 눈이 마주쳤다.

"너…… 설마 긴장하는 건가?"

레파의 얼굴이 한순간에 벌게졌다.

"뭐, 뭐야?! 그럴 리가 없잖아. 싸움을 앞두고 흥분하는 거야. 허, 헌팅계의 여제라 불리던 그 시절을 떠올렸을 뿐이라고. 후, 후후후, 오늘은 남자를 몇이나 내 포로로 만들지 기대돼."

"뭐야……?"

아그니스가 한순간 경악한 표정을 띠운 후, 곧바로 진지한 표정으로 돌아와 팔짱을 꼈다.

"뭐, 뭐, 그러고 보니 나도 어릴 적부터 헌팅을 즐겼지. 내가 지나간 후엔 번화가에 초목 한 그루도 남지 않았으니까 헌팅계의 파괴신이란 별명이 붙었어. ……웃, 오랜만에 옛 상처가 욱신거리는군."

"뭐라고……?!"

"자아, 거기 조용히. 이제 시작할 거야. 각각 큰길로 가. 난 모두를 슬쩍 관찰할게."

연애 강사의 신호에 따라서 각 조는 뿔뿔이 흩어졌다.

카이가 옆에서 똑바로 걷는 아그니스에게 말을 걸었다.

"애시는 헌팅해 본 적이 있구나."

"……아니, 없어."

"어? 헌팅계의 파괴신이라고 한 건? 옛 상처가 욱신거리는 건?"

"미안……, 그건 사소한 말장난이야. 넌 헌팅 경험이 있나?"

"으음, 나도 없는데. 자신은 있어?"

아그니스는 팔짱을 끼면서 생각했다.

"솔직히, 해봐야 알 것 같군. 뭐, 상대를 어떻게 공략할지는 잘 염두에 두고 있으니 그걸 응용하면 되겠지만."

"공략이라니 어쩐지 싸움 같네. 후후, 하지만 안심해. 나한테 좋은 생각이 있어."

"흐음……?"

두 사람은 말을 나누면서 리피르 교외의 중심 거리에 다다랐다.

푸른 하늘 아래, 바람에 흔들리는 가로수가 질서정연하게 줄지어 섰다. 그리고 음식점이나 선물 가게가 나란히 늘어선 길에는 수많은 젊은 남녀가 오간다.

아그니스는 허리를 낮추고 나지막한 목소리를 냈다.

"그럼…… 어느 녀석부터 처리할까?"

"애시, 말투가 무서워. 그건 사냥감을 노리는 짐승의 눈빛이잖아. 살기마저 느껴지는데."

"그, 그런가? 그럼 어쩌면 좋지?"

"내게 좋은 생각이 있다고 했잖아?"

카이는 품속에서 작은 하프를 꺼내고 씨익 미소 지었다.

"난 음유시인이야. 사랑에 대해서 잘 모르는 게 유일한 결점이지만, 천재라고 해도 과언이 아니지. 내가 여기에서 시를 노래하면, 분명 여자들이 다가올 거야."

"진심으로 하는 소리냐, 카이?"

아그니스는 경악의 표정으로 카이에게 오른손을 내밀었다.

"정말 좋은 생각이야. 넌 대단한 녀석이구나!"

"후후후, 과찬이야."

두 사람은 단단히 악수를 나누며 서로를 향해 고개를 끄덕였다.

반복해 말하지만 이 자리에 메이는 없었다.

그리고 큰길을 지나가는 여자들이 그런 그들에게 흘낏흘낏 시선을 보냈다. 중성적이고 매우 아름다운 청년과 마스

그를 쓰고 있지만 어딘가 야성미가 느껴지는 예리한 남자. 이 두 사람의 조합은 싫어도 눈길을 끌었다.

그들은 사실 입을 다물고 서 있기만 해도 여자의 관심을 끌 수 있었다.

그렇다, 입을 다물고 서 있기만 하면——.

"북풍니임, 태양니임, 안녕하세요."

카이가 띠리링 하프 현을 손가락으로 튕겼다.

"북풍님은 말했었죠. 강한 바람을 불면 여행자의 코트를 날려버릴 수 있다고. 태양님은 말했었죠. 아니, 햇살을 쏟아부으면 여행자의 코트를 벗길 수 있다고. 결론부터 말하자면 둘 다 그만두세요. 횡횡 불어대는 바람도 싫고, 쨍쨍 쏟아지는 햇빛도 사양이라고요. 나는 추운 것도 더운 것도 싫어요. 이봐, 물을 줘. 물이야, 물. 도라, 도라도라도라도라——."

아그니스는 팔짱을 끼고 똑바로 선 채 말했다.

"이봐, 카이."

"뭐야, 애시. 지금 한창 좋을 땐데."

"어쩐지 오히려 사람이 멀어지는 기분이 드는데……."

"걱정하지 마. 지금부터 후렴구를 넣을 거야. 간다아, 도라도라도라도라——."

어느샌가 통행인은 길거리 끝에 똑바로 선 둘에게서 되도록 거리를 벌리듯이 걷기 시작했다. 그들을 멀찍이서 바라보던 관광객 여자 2인조가 작게 중얼거렸다.

"저 두 사람, 외모는 그럴싸한데 어째 굉장히 이상한 노래를 흥얼거리잖아?"

"영문을 모르겠어. 촌스럽네."

"허으으어어어어억!"

카이가 추욱 무너져 내렸다.

"카이! 괜찮아?!"

"촌스러워……? 촌스럽다고……? 난 천재일 텐데 이상한걸. 역시 사랑을 모르는 게 문제인가……."

"카이! 정신 차려! 맥이 약해졌어."

"애, 애시……. 나, 난 이제 틀렸을지도 몰라. 뒤, 뒷일을 부탁할게……."

아그니스의 팔 안에서 숨이 끊어질락 말락 말하는 카이의 목이 추욱 힘을 잃고 꺾였다.

"카이——!"

아그니스는 파트너를 도로에 눕힌 후 천천히 일어섰다.

"큭, 솔직히 너에 대해서 아무것도 모르지만 어쩐지 네가 싫지 않았어. 반드시 원수를 갚아주마."

그리고 카이의 시를 헐뜯었던 2인조 여자를 향해 성큼성큼 걷기 시작했다.

"저, 저기. 아까 그 남자 중 한 명이 이쪽으로 오는데."

여자 중 하나가 그렇게 말하며 나머지 한 사람의 소맷자

녁을 낱십 있나.

"으, 응. 어쩐지 화난 거 같은데?"

나머지 한 사람이 아그니스의 무시무시한 박력에 뒷걸음질 쳤다.

아니다. 아그니스는 결코 화나지 않았다.

──잘 봐둬라, 카이. 네 대신 꼭 헌팅이라는 걸 성공시키겠다.

그 마음속에 존재하는 것은 확실한 목적 수행뿐.

그리고 그 여자── '블리자드 로즈'에게는 결코 질 수 없다는 강한 마음.

여자 앞에 선 아그니스는 주머니에서 메모를 꺼내더니, 강의에서 배운 유혹 문구를 훑어보았다.

"여어, 우리는 쇼핑을 하러 왔는데 혹시 좋은 가게가 어딘지 알아?"

"어쩐지 메모를 보면서 말을 걸어오는데?! 더군다나 분명 쇼핑하러 온 것처럼 보이질 않잖아?!"

"뭔지 잘 모르겠지만 도망치자!"

여자 두 사람이 아그니스에게서 등을 돌렸다.

"놓칠 것 같냐!"

돌바닥을 한 번 박찬 아그니스는 한순간에 거리를 좁혀 2인조 앞을 막아섰다.

"여어, 우린 쇼핑을 하러 왔는데 혹시 좋은 가게가 어딘지 알아?"

"앗, 돌아 들어왔어! 게다가 아까랑 완전 같은 말을 하잖아?!"

"잠깐, 대체 뭐냐고. 어서 가자!"

그녀들은 다시 황급히 자리를 벗어나려고 했지만, 어느샌가 팔짱을 낀 아그니스가 앞을 가로막고 서 있었다.

"어설프군. 여어, 우린 쇼핑을 하러 왔는데 혹시 좋은 가게가 어딘지 알아?"

"으악!"

"왜 앞에 있는 거야? 무섭잖아?!"

여자 두 사람은 마침내 맹렬히 대시했지만, 정신을 차리면 눈앞에 아그니스가 있었다.

"이 몸에게서 도망칠 수 있을 줄 알았나? 여어, 우린 쇼핑을 하러 왔는데 혹시 좋은 가게가 어딘지 알아?"

""히이익!""

하지만 도망치는 여자 앞에는 반드시 아그니스가 있었다.

이미 사방팔방 모든 방향에 서 있는 아그니스. 너무나도 움직임이 빨라서 일반인에게는 마치 분신을 한 것처럼 보였다.

전방위에서 무수한 아그니스가 저주처럼 헌팅 문구를 내던졌다.

"여어, 우린 쇼핑을 하러 왔는데 혹시 좋은 가게가 어딘지 일아?"

"여어, 우린 쇼핑을 하러 왔는데 혹시 좋은 가게가 어딘지 알아?"

"여어, 우린 쇼핑을 하러 왔는데 혹시 좋은 가게가 어딘지 알아?"

"여어, 우린 쇼핑을 하러 왔는데 혹시 좋은 가게가 어딘지 알아?"

"""히이이이이이이익!"""

삐이이익.

길 안쪽에서 피리 소리가 울렸다. 그 방향을 보자 연애 강사 엘리자베스가 양손으로 크게 엑스자 형태를 만들었다. 실격이라는 뜻이리라.

"크……, 실패했나."

아그니스가 무릎을 꿇고 이를 악무는 사이, 여자 2인조는 서둘러 달려갔다.

"애시. 유감이었어."

누군가가 그 어깨에 툭 손을 얹었다. 백발을 바람에 나부끼는 미청년이 아그니스의 옆에 서 있었다.

"기절한 거 아니었나, 카이?"

"네 용기가 날 눈뜨게 했어. 결과는 좋지 않지만, 우리의 도전은 결코 헛되지 않았어. ……어, 지금 굉장히 멋진 소리를 했네. 시로 지어도 될까?"

"물론이지."

"고마워, 애시. 자, 곧바로 한다. 제목은『네 지갑은 나의 것』."

"그 시, 아까 전에 한 말이랑 전혀 상관없는 거 같은데?!"

두 사람 곁으로 다가온 엘리자베스가 어깨를 으쓱이며 뺨을 쓱 쓰다듬었다.

"나 원 참, 너희 두 사람은 많이 반성해야겠어⋯⋯."

연애 강사는 깊은 한숨을 내쉰 후, 거리로 시선을 옮겼다.

"그나저나 여자 쪽은 괜찮을까? 살짝 걱정되는 팀이 있는데──."

그 무렵, 레파와 로리에 팀에서는──.

"저기, 로리에."

"⋯⋯."

레파는 금발 트윈 테일의 어린 소녀풍 여자아이에게 말을 걸었다.

대답은 없다. 시선도 맞추지 않는다.

"⋯⋯저기, 벤자민."

"왜 그래, 레이파?"

어린 소녀가 안은 곰 인형을 부르자 대답이 들려왔다.

떠드는 이는 틀림없이 어린 소녀일 텐데, 인형을 매개로 해서만 다른 사람과 대화할 수 있는 것이리라. 뼛속까지 낯

가림이 심하나.

하지만 그보다 더한 문제는——.

"그게…… 우린 헌팅을 하러 온 거지?"

"그래, 맞아."

"이렇게 하는 게 맞는 거야?"

레파는 지면에 얌전히 앉은 로리에의 뒤에서 몸을 수그리며 말했다.

두 사람은 중심 거리 옆, 가게와 가게가 붙어있다시피 늘어진 좁은 골목길 중 하나에 몸을 숨겼다. 시선을 앞으로 돌린 로리에는 오른손에 실 한 올을 쥐었다.

실은 큰길까지 뻗어 있었고, 그 끝에 구멍 뚫린 동전이 묶여 있었다.

"이봐, 레이파. 몇 가지 질문을 할게."

곰 인형이 말했다.

"응, 뭔데?"

"우선, 헌팅계의 여제라는 소린 거짓말이지?"

"네, 네……. 죄송합니다, 허세를 부리고 말았습니다……."

레파가 쉽사리 간파당해서 고개를 떨구자, 곰돌이 벤자민은 거리를 노려보면서 말했다.

"뭐, 그럴 줄 알았어. 그렇다면 넌 길을 지나가는 남자에게 차를 마시자는 소리를 할 수 있겠어?"

"무, 무리야……."

"그럼 반대로 상대편이 말을 걸게 할 자신은 있어?"

"없어……."

실제로 가만히 있으면 두 사람의 용모는 눈에 띄었다. 하지만 한쪽은 고독하게 마술 연구에 밤을 지새우고 또 다른 한쪽은 극도로 낯을 가리기 때문에, 그녀들은 자기 미모가 어느 정도인지 전혀 몰랐다.

"그렇다면 방법은 하나. 돈을 미끼로 남자를 꼬드길 수밖에 없어. 길을 지나가는 남자가 이 동전을 손에 넣은 순간, 실을 잡아당겨서 끌어들이는 수법이야. 이러니저러니 해도 세상은 돈이 최고라고, 레이파. 이 상황에서는 돈의 힘을 이용하는 거야."

무척 힘찬 말투였다.

레이파의 푸른 눈동자가 반짝 빛났다.

"과연……! 대단해, 넌 천재야!"

"쑥스럽군."

반복하겠지만 이 자리에 로제린은 없었다.

"크크크, 다음은 이렇게 사냥감이 걸리길 기다리기만 하면 돼."

"대단해, 완벽한 작전이야. 음후후후."

두 사람은 이상한 웃음소리를 억누르면서 그때가 찾아오기를 기다렸다. 그리고——.

길거리에서 젊은 남자 하나가 "응?"이라고 말하고, 몸을

↑그러며 비씨인 낭선을 수렸다.

──왔다!

"지금이야, 벤자민!"

"좋았어!"

곰 인형이 포효했고, 로리에가 손에 든 실을 꽉 잡아당겼다.

"으억!"

동전을 손에 든 남자는 뜻밖의 힘에 끌려서 골목에 한 걸음 발을 들였고──.

"우와, 아아앗!"

깜짝 놀라서 동전을 손에서 놓았다.

몸이 낄 것 같은 비좁은 골목길에, 두 여자가 나란히 앉아 있었다.

안경을 쓴 여자는 히죽이고 있었고, 어린 소녀는 품에 안은 커다란 곰 인형을 기쁜 듯이 좌우로 흔들었다.

"수, 수상한 사람?!"

남자가 저도 모르게 도망치려고 했다.

"안 놓쳐!"

레파는 은밀히 검지를 세우며 남자의 발바닥에 극히 소량의 얼음을 만들어냈다. 발이 주르륵 미끄러진 남자는 그 자리에서 넘어졌다.

"이때야, 벤자민!"

"으랏차아아아!"

두 사람은 쓰러진 남자의 발목을 붙들어 뒷골목으로 끌고 들어가려고 했다.

"히이이익!"

남자는 양손을 뻗어서 돌바닥을 벅벅 긁었다.

"큭, 이 남자, 저항하고 있어."

"상관없어, 레이파. 끌고 들어가면 이쪽 뜻대로 될 거야."

"사, 살려줘어어어!"

"시끄럽네. 빨리 입을 막아야지."

"잠깐. 입은 나중에 막아야 해! 먼저 차를 마시겠다는 말을 들을 필요가 있어. 손발을 묶는 사이에 뭐든지 좋으니까 언질을 받는 거야!"

둘이서 버둥거리는 남자를 열심히 억눌렀고, 로리에가 재빠르게 팔다리에 로프를 걸쳤다.

"자, 지금이야, 레이파!"

"마, 맡겨줘!"

레파는 지면에서 바르작거리는 남자의 귓가에 입을 가져다 댔다.

승부를 낼 때다.

여기에서 화려하게 헌팅을 성공해서, 그 남자──'플레임 로드'의 코를 납작하게 해주겠다.

세련된 유혹 문구를 시원스럽게 입에 담는 것이다.

"사, 사아, 우, 우우, 우리랑 차차차차, 차를 마마마마마."

"전혀 말을 못 하잖아, 레이파. 게다가 얼굴이 새빨개."

"히에에에에엑! 살려주세요오오오!"

남자가 공포에 사로잡혀 외쳤다.

"우, 우리랑 차차차차차차차차차차차차차차차차차차아아아!"

"진정해, 점점 더 말이 꼬이잖아아아아!"

"으아아아아아아아아아악!"

아비규환 속에서, 한 인물이 불쑥 나타나 지옥의 사자에게 붙잡힌 것처럼 비명을 지르는 남자의 양손을 붙잡았다.

"흡!"

그 인물은 기합 소리와 함께 두 여자의 손에서 남자를 빼냈다.

"고, 고맙…… 히이익, 이쪽도 괴물이야!"

남자가 소리치며 허둥지둥 도망쳤다.

"나 원 참, 괴물이라니 정말 실례야."

곤란한 표정을 지은 엘리자베스는 근육이 불룩한 팔을 허리에 대고서, 가게와 가게 틈새에 몸을 숨긴 두 사람을 들여다보았다.

"저기 있잖아, 레이파, 로리에. 너무나도 참신한 헌팅 방법에 나도 살짝 놀랐는데……. 지금 그 남자, 사형집행을 눈앞에 둔 사형수 같은 표정을 지었어."

Illustrations copyright © Umiko

"에헤헤."

"칭찬이 아니라고!! 완전 실격이라니까?!"

"어, 실격······?! 그럴 수가······."

곰이 무릎을 풀썩 꿇은 레파를 위로하듯이 툭 두드렸다.

"아까웠어, 레이파."

"1밀리그램도 아깝지 않았는데?!"

엘리자베스는 저도 모르게 딴죽을 건 다음 다시 깊게 한숨을 쉬었다.

"정말이지, 너희 두 사람도 크게 반성할 필요가 있겠어어······."

그리고──.

첫 헌팅 체험을 마친 프로그램 참가자들은 다시 연수 시설 뒤뜰로 모였다.

"다들 수고했어. 헌팅은 어땠니?"

엘리자베스는 학생을 둘러보면서 쓰게 웃었다.

"으음, 표정이 좀 어둡네. 뭐, 그 마음은 이해해. 말을 거는 데 실패하면 마치 자기 존재가 부정당하는 것 같은 기분이 들겠지. 여기에 있는 애들은 다들 연애에 소극적이니까 당연해. 하지만 만남을 손에 넣으려고 할 때 기억해둬야 할 게 하나 있어. 그건 바로 떠나는 자를 신경 쓰지 말라는 거야."

강사는 엄격한 기색으로 이렇게 말을 이었다.

"다들 천 개나 만 개의 사랑을 손에 넣고 싶은 건 아니지? 정말로 원하는 사랑은 몇 개야? 그래, 단 하나를 손에 넣으면 돼."

두근, 레파의 심장이 소리를 냈다.

아그니스와 시선이 마주치자, 두 사람은 황급히 고개를 돌렸다.

"그러니까 몇 사람에게 차인다 해도 신경 쓸 필요 없어. 그건 전부 단 하나의 사랑을 손에 넣기 위한 양식이 될 테니까. 자, 강의실에서 강의 평가를 한 다음 오늘 일정을 끝마칠 거야."

헌팅 종료 신호를 듣고 학생들은 줄줄이 시설로 돌아갔다.

엘리자베스는 그 뒤를 따라가면서 참가자들을 대강 둘러보았다. 예년과 같은 흐름이다. 첫날은 대체로 이런 느낌이리라. 처음엔 심각해도 일주일이 지나면 의외로 어떻게든 되기 마련이다.

——다만, 저 네 사람은 고생할 거 같네에……

강사 엘리자베스는 아그니스와 카이, 레파와 로리에를 보면서 탄식했다.

레파가 성큼성큼 걷는 '플레임 로드'의 옆을 나란히 걸었다.

"후후, 아무래도 헌팅은 실패한 모양이구나."

아그니스는 의기양양한 레파의 모습을 보고 이를 악물

있나.

"큭, 어떻게 그걸?"

"아까 선생님께 물었더니 이번엔 아무도 성공하지 못했대. 위세만큼은 좋았지만 유감이었네. ……푸푸……, 파괴신…….."

"윽……!"

아그니스는 주먹을 움켜쥐었지만, 무언가 떠오른 듯 문득 고개를 들었다.

"잠깐만. 아무도 성공하지 못했다는 건…… 즉, 너도 실패한 거군."

"윽…….."

"……여제?"

"으으윽……!"

제 무덤을 팠다. 레파는 괴로운 표정으로 옆을 보았다.

"같은 실패라 해도 너랑은 전혀 달라. 난 조금만 더하면 성공이었으니까."

"흥, 나도 종이 한 장 차이까지 갔어. 같은 취급을 하면 곤란해."

"둘 다 별의 거리보다 멀었는데?! 게다가 애시랑 레이파. 연애는 싸움이 아니니까, 딱히 대항할 필요는 없어."

엘리자베스가 뒤에서 말하자, 두 사람은 느긋하게 웃으며 뒤를 돌아봤다.

"나도 알아, 선생님. 대항하기 이전에 내 적수는 아니니까."

"그건 내가 할 소리야. 선생님, 부디 지켜보세요. 이런 녀석은 금세 떼어놓을게요."

아그니스가 우드득우드득 손가락 소리를 울리고, 레파가 고요한 오라를 피워 올렸다.

"대체 왜일까? 행동거지만큼은 쓸데없이 멋진데 불안하기만 해……."

떠나가는 두 사람의 뒷모습을 바라보던 엘리자베스는 다시 한번 커다란 한숨을 쉬었다.

* * *

이그마르 왕국의 왕도 펜리르의 교외에 눈부실 만큼 빛나는 금발을 나부끼는 여자가 서 있었다.

주위는 깊은 숲으로 뒤덮여서 한여름인데도 서늘한 냉기가 감돈다.

그곳은 왕가가 관리하는 사당이었는데, 푸른 수정으로 된 벽은 마치 숲에 녹아들 듯이 조용하고 신비로운 쪽빛을 머금었다.

"1년만이네에."

제1왕위계승자 이자벨라 엘드리트는 또각또각 발소리를 내면서 어스름한 복도 안으로 들어갔다. 걸음을 나아가자기둥이 늘어선 복도 양옆에 설치된 마법등이 순서대로 불을 밝혔다.

이그마르에서는 8월을 산 자와 죽은 자의 세계가 가장 가까워지는 달이라고 여기는데, 이 시기에는 선조의 묘를 찾아가는 것이 관습이다. 복도 양쪽에는 돌로 된 묘비가 늘어서 있었는데, 제각각 역대 왕가 관계자가 잠든 묘였다.

이자벨라가 처음으로 멈춰선 곳은 어머니의 묘이다.

"⋯⋯."

과거, 레파의 어머니가 금기 마술에 손을 댐으로써 궁정의 많은 목숨이 사라졌었다. 무슨 운명의 장난인지, 그 희생자 중에는 이자벨라의 어머니도 끼어 있었다. 묘 앞에서 잠자코 서 있던 이자벨라는 어머니의 이름이 새겨진 묘비를 천천히 쓰다듬더니,

"⋯⋯엄마. 좋은 꿈 꾸시길."

속삭이듯이 말했다.

이자벨라는 흘러넘치는 검은 마력을 두르면서 안쪽으로 발걸음을 옮겼다.

역대 왕들에게 제1왕위계승자로서 인사말을 하고, 갈림길 몇 개를 지나가 다다른 곳엔 복잡한 기하학 문양이 잔뜩 새겨진 커다란 돌문이 있었다. 때때로 문에 새겨진 문양이 흐릿하게 깜빡였다.

이자벨라는 그 차가운 문에 오른손을 댔다.

부웅 소리와 함께 돌문의 문양에 푸른 섬광이 퍼졌고, 이윽고 문이 열렸다. 마력의 파장을 감지함으로써, 왕가 구성원 중에서도 특별히 허가받은 자만이 들어갈 수 있는 방이다.

안에는 우두커니 서 있는 건 돌로 된 묘비 하나. 그 묘비 앞 움푹 팬 바닥에는 낡은 지팡이가 꽂혀 있었다.

"오랜만이네요, 큰고모님."

이자벨라는 오른손을 배에 얹고 고개를 깊이 숙였다.

석판에는 '나스타시아 엘드리트'라는 이름이 새겨져 있다. 사망일은 지금으로부터 약 20년 전.

"큰고모님, 그거 아시나요? 현재 대륙에서는 기르강디아 제국이라는 군사국가가 대두해서, 에스키아 공화국과의 '동국전쟁'이 일시 휴전 중이에요."

이자벨라는 묘를 향해서 천천히 말을 걸었다.

"당신이 구축했던 '잔잔한 시대'── 그 이후 처음으로 오랜 정전 기간이 찾아왔어요."

그리고 묘비 옆에 선 지팡이에 손을 댔다.

"큰고모님. 당신은 어떤 마음을 품었나요? 대체 무슨 생각을 하셨나요?"

검은 마력이 스물스물 꿈틀거렸다.

보통 마술사에게는 특기인 마술 영역이 하나씩 있다. 다만, 그 특기 속성 외의 마술은 위력이 약해지기 마련인데, '

일곱 색의 마술사'라고 불리는 이자벨라는 여러 속성의 마술을 위력 감소 없이 쓸 수 있는 희귀한 재능을 가졌다.

그중 하나인 '사이코메트리'──물건에 남은 주인의 감정을 읽어내는 마술을 발동했다.

하지만──.

"……역시 어렵네에."

이자벨라는 작게 탄식했다.

열화가 심한 데다 시간이 너무 오래 지나서, 선명하게 읽어낼 수 있는 감정이 없었다.

다만, 무언가 커다란, 이루 말하기 어려운, 생각의 소용돌이 같은 것은 느껴졌다.

"정전한 지 반년. 이 휴전은 물거품 같은 평온이고, 다음 전쟁을 향해서 군비를 비축하는 준비 기간이라는 것을 그 누구나 다 압니다. 두 나라의 평화는 환상일 뿐이에요."

이자벨라는 조용히 색이 다른 두 눈을 묘비에 고정했다.

"과거 이그마르 '최강'의 마술사라고 불리던 당신이라면 잘 아시겠죠?"

에스키아 공화국 수도 칸바할에서 조금 북쪽으로 올라간 곳.

군 주둔지가 내려다보이는 언덕 위에 남자들의 목소리가 울려 퍼졌다.

"마수다!"

"빨리 붙잡아라!"

검은 그림자가 손에 검과 창을 든 남자들 사이를 재빠르게 달려갔다.

몸은 사람의 윤곽을 하고 있지만, 얼굴은 사나운 독수리 같은 형상을 한 마수였다. 양 눈동자는 붉게 핏발이 섰고, 부리에서는 보라색 점액이 뿜어져 나왔다.

그 마수가 안쪽에서 팔짱을 끼고 상황을 지켜보던 남자의 곁으로 돌진했다. 아마도 본능적으로 이곳의 지휘관이라는 사실을 인식했으리라. 우두머리를 깨부수면 적의 집단은 혼란에 빠질 것이다.

"낙오한 마수인가. 변경 경비대는 대체 뭘 하는 거지?"

거기에는 갈색 머리카락을 바람에 나부끼는 남자가 서 있었다. 레스터가의 장남이자 국군 총사령관직을 맡은 랄프 레스터를 향해 측근 병사 하나가 외쳤다.

"랄프 님, 도망치십시오!"

"그르아아아앗!"

마수가 포효하며 땅을 박찼다. 긴 손톱이 달린 양팔을 앞으로 들이대며 사냥감을 향해 날아들었다. 그것은 마치 사나운 질풍 같다. 하지만——.

"느리군."

마수가 도달했을 때, 이미 그 자리에 랄프의 모습이 없었다.

마수에게서 멀찌감치 거리를 벌린 그는 싸늘한 표정으로 자신의 양 손목을 잡았다.

거기에는 복잡한 문양이 들어간 낡은 팔찌가 있었고,

"강화 해제——'각력'. 강화——'동체 시력'."

랄프가 중얼거리자 팔찌의 문양이 붉은색으로 빛났다.

"기아아앗!"

마수가 다시 랄프에게 돌진했다. 폭풍으로 흙먼지가 일고, 마수는 순식간에 랄프의 눈앞에 육박했다.

하지만 다음 순간, 눈 깜짝할 새에 마수의 몸이 좌우로 두 동강 났다. 핵까지 반 토막 난 마수는 단말마조차 지르지 못한 채, 검은 먼지가 되어 메마른 바람에 날려갔다.

곧바로 병사들이 모였다.

"죄송합니다! 다치진 않으셨습니까?"

"문제없다. 시찰을 계속하겠다."

"네!"

언덕 아래에서는 이그마르와의 전쟁을 대비해 대규모 군사 훈련을 하고 있었다.

랄프는 그 광경을 바라보면서 오른손에 찬 팔찌를 쓰다듬었다.

레스터가의 남자는 대대로 특별한 마도구를 물려받는다. 한 세대에 한 사람만이 사용 허가를 받는데, 다른 사람이 선

부르게 사용하면 죽음에 이르는 특별한 처치를 한다. 선대에게서 물려받을 때, 특수한 저주를 한 번 풀고 나서 다시 이용자를 등록하게 된다. 랄프의 마도구는 자신이 설정한 능력을 일정 시간 동안 비약적으로 늘리는 '패왕의 호부'라고 불리는 물건이었다.

"'잔잔한 시대'라……."

랄프는 잠시 동안 팔찌의 전대 주인을 떠올렸다.

랄프가 이어받은 마도구는 일찍이 에스키아 '최강'이라고 불리던 남자의 것이었다.

당시, 길고 긴 시간 동안 '동국전쟁'을 치루던 에스키아 공화국과 이그마르 왕국에는 무명을 떨치던 두 사람의 '최강'이 있었다.

에스키아 공화국, 아킴 레스터.

그리고 이그마르 왕국, 나스타시아 엘드리트.

그 압도적으로 강한 힘 때문에, 전황은 두 사람의 상태에 좌우된다고 할 정도라 들었다.

'최강' 두 사람은 몇 번이나 전장에서 부딪쳤지만 그 힘은 팽팽했다.

결판이 나지 않는 싸움. 하지만 그러던 사이 변화가 찾아왔다. 무수히 칼을 나누던 와중에, 두 사람은 점차 상대의 강함을 인정할 수밖에 없었다.

양자의 관계는 증오스러운 적에서 호적수로 변해갔다.

깅힘에 내한 신뢰는 이윽고 상대에 대한 신뢰로 이어졌고, 두 사람의 마음속에는 서서히 싸움에 대한 의문이 싹트게 되었다.

그들은 몇 개쯤 단계를 거쳐서 국내에 정전을 부르짖게 되었다. 다양한 반향이 일어났지만, 양국의 실력자인 두 사람의 주도로 몇 년에 걸쳐 싸움 없는 시대가 구축되었다.

그것을 후세에는 '잔잔한 시대'라 부른다.

하지만 약 3년 후, 양국 전선의 병사 일부가 서로의 진영을 급습해 다시 전쟁이 시작되었다. 두 사람은 그 싸움에서 선두에 섰고 동귀어진하게 되었다.

거기까지가 대중에게 알려진 진실이다..

"바람이 불기 시작했군……."

랄프는 훈련 중인 군대의 모습을 흘겨보면서 조용히 중얼거렸다.

제3장 캠프 인 더 포레스트

눈부시게 빛나는 태양.

대로에 반향을 울리는 젊은이들이 떠드는 소리.

한여름의 관광지── 상업 도시 리피르 교외의 시설에서는 어느덧 연애 약자들의 서머 캠프가 가경에 들어선 참이었다. 오늘도 강당에서는 푸른 수염 자국과 울끈불끈한 근육을 드러낸 엘리자베스가 캠프 참가자들에게 연애 강의를 하는 중이다.

"그럼 첫 데이트 신청을 할 때의 포인트는 이만하면 되려나. 알겠어?"

"옛서!"

학생들이 정중하게 경례했다.

어느샌가 엘리자베스에게 심취한 집단에는 군대 같은 철통 규율이 생겨났다.

그리고 실제로 성과를 냈다. 연일 강의와 실전을 반복해 많은 프로그램 참가자가 이성과 차를 마시는 데 성공한 것이었다.

"그럼 오늘은 여기까지. 내일부터는 특별 프로그램에 들어갈 테니까 일찍 자."

"옛시! 보스!"

학생들이 일어서서 줄줄이 기숙사로 돌아갔다.

그때 엘리자베스는 말했다.

"아, 레이파, 애시, 카이, 로리에 네 사람은 남도록."

"옛서서서!"

안경을 쓰고 레이파로 변장한 레파가 일어서서 쭉 뻗은 오른손을 이마에 척 댔다.

"너, 대답만은 항상 대단하구나아······."

엘리자베스가 뺨을 쓱쓱 쓰다듬으면서 그 자리에 남은 네 사람을 바라보았다.

"그런데 레이파. 어째서 남으라고 했는지 아는 거야?"

레파는 씨익 미소 지었다.

"네. 다른 세 사람은 모르겠지만, 전 왜 남았는지 알겠어요."

"어머, 알고 있구나?"

고개를 끄덕인 레파는 흘끗흘끗 다른 세 사람을 신경 쓰면서 작은 목소리로 말했다.

"칭찬해, 주시는 거죠?"

"왜······ 그렇게 생각해?"

"그야, 저만큼 성실하게 공부하는 학생은 없을 테니까요."

레파는 강의 내용을 빼곡히 적어넣은 노트를 기쁜 표정으로 들어 올리며 말했다.

그 옆에서 다른 목소리가 끼어들었다.

"무르군. 오히려 칭찬받는 건 나야."

그렇게 말한 이는 마스크를 쓰고 애시로 변장한 아그니스였다.

그 앞에 놓아둔 노트가 문자로 새까맣게 물든 것을 보고, 레파가 한순간 놀란 표정을 보였다.

"뭐……라고?!"

"크크, 공부량으로 날 이길 수 있을 거 같나?"

레파는 우쭐거리는 아그니스에게 입술을 삐죽이면서 말했다.

"뭐야, 그건 그냥 글자만 가득할 뿐이잖아. 공부 시간은 분명 내가 더 많을 거야. 요 닷새 동안 계속 밤새워서 공부했는걸."

"어? 그게 정말이야, 레이파?"

엘리자베스는 한순간 귀를 의심했다. 하지만 아그니스는 냉정하게 웃었다.

"미적지근하군. 난 첫날부터 한숨도 자지 않았어."

"어? 너희 좀 이상하지 않아?"

연애 강사가 할 말을 잃고 있노라니, 레파가 항의하는 자세를 보였다.

"그건 거짓말이잖아! 프로그램을 개시한 지 벌써 열흘도 더 지났어. 그렇게 오랫동안 집중을 유지할 수 있을 리 없다고."

"으, 응. 그렇지이. 하지만 됫새 둥인 밤엔 깃도 좀 이상한 거 같은데."

"내 경험상, 인간이 자지 않고 집중을 유지할 수 있는 건 보통 일주일 정도잖아?"

"자, 자자, 잠깐. 너희, 둘 다 이상한 소릴 한다는 걸 좀 깨달으라고!!"

엘리자베스가 끼어들자, 적색과 청색의 두 시선이 강사를 꿰뚫었다.

""자, 선생님! 어느 쪽을 칭찬해주실 겁니까?""

"아니, 있잖아……."

"어째서 칭찬받는 게 전재야? 레이파랑 애시 두 사람은 속도 편하네."

"난 조금 불길한 예감이 들어."

곰 인형과 카이가 어깨를 으쓱이며 말했다.

엘리자베스는 마침내 안심한 기색으로 한숨을 후우 내뱉었다.

"곰돌이랑 카이가 그나마 상황을 올바르게 인식하는 거 같구나아. 그래, 여기에 남은 이유는 아직 너희만 헌팅에 성공하지 못했기 때문이야."

""…….""

레파와 아그니스는 서로에게 눈짓하더니 쭈글쭈글 수그러들었다.

"이제 프로그램도 종반이야. 너희가 어떤 문제의식을 느꼈는지 알고 싶어."

엘리자베스는 다정한 음성으로 물었다.

"우선 카이. 넌 대체 뭐가 문제라고 생각하니?"

"으음…… 시의 완성도가 조금 낮을지도 몰라. 난 사랑을 모르는 음유시인이니까."

"사랑을 모르는 것 이전에, 일단 이성 앞에 뛰쳐나가서 뜬금없이 시를 읊는 걸 자제하는 편이 좋을 거야. 그러면 상대가 깜짝 놀라니까. 다음, 로리에는?"

"역시 내가 곰이라서 그런 게 아닐까? 종족 차이로군. 인간과는 섞일 수 없기 마련이지."

"꽤 이전부터 말하려고 했는데, 그 상황에서는 되도록 인간이 말을 걸어줬으면 해. 사람은 갑자기 복화술로 말을 걸어오면 도망치기 마련이라는 걸 기억해두렴. 애시는?"

"기합이 부족한가."

"오히려 너무 넘쳐 나. 강렬한 시선과 위압감 때문에 상대가 공포를 느끼고 본능적으로 도망친다는 걸 깨달으라고. 그리고 마스크를 벗으면 좋겠는데……. 레이파는?"

"전 꽤 잘한다고 생각해요!"

"레이파. 넌 얼굴이 새빨개져서 꽁꽁 얼어붙은 채로 상대 앞에 나타나지. 상대가 수상한 사람을 보는 눈빛으로 지나가잖아. 그리고 꽤 시간이 지나고 나서 '아아아아, 안녕'이라고 말하기. 이미 눈앞엔 아무도 없는데, 슬슬 깨닫는 게 어떨까?"

엘리자베스는 웃음을 머금으면서 손가락을 딱딱 튕겼다.

"후후후……. 열흘이 지났는데 이 모양이라니. 잘 알았어. 나도 이 연애 강좌를 오래 해왔지만, 너희는 정말로 만만치 않아. 쿠하하하……."

"음, 선생님이 갑자기 남자 같은 웃음소리를 내는데?"

"애시, 그럴 땐 본색이 드러났다고 하는 거야."

"그래도 선생님은 멋져요."

"나도 그렇게 생각해, 레이파. 이 양면성은 흥미로워. 시로 지어도 될까?"

"쿠하하하하……."

엘리자베스는 다시 네 사람을 둘러보았다.

분위기 파악을 전혀 못 하는 네 사람이지만, 솔직히 외모는 나쁘지 않다.

그렇다고나 할까 오히려 상당히 좋은 편이리라.

카이는 여자라고 착각할 만한 미청년이고, 마스크를 쓴 애시는 찬찬히 보면 예리하게 생겼고, 레이파는 앞머리를 올리고 안경을 벗으면 미소녀가 될 것 같은 예감이 들고, 로리에는 시선이 맞지 않는 것과 곰 인형을 잊으면 숨을 삼킬 만큼 귀엽다.

기행을 그만두고 살짝 꾸미기만 한다면, 가만히 서 있기만 해도 이성이 다가올 가능성은 크다. 하지만 그런 안이한 짓은 시키기 싫었다.

학생에 따라서는 우선 겉모습을 가꿔서 자신감을 가지게 하는 것이 지름길일 때도 있다.

"하지만 이 네 사람은 아마도 그것만으로는 안 될 거야. 겉만 그럴싸하게 꾸며봤자, 아마 평범한 감각을 가진 상대와 연애를 길게 이어가기는 어렵겠지. 어쨌거나 희대의 연애 소설가이자 수많은 미아를 이끌어온 연애 강사 엘리자베스 마리골드가 이만큼 고전하는걸……."

"선생님이 천장을 올려다보며 뭔가 중얼거리기 시작했어."

"곤란하군. 과도한 스트레스야."

"그래도 선생님은 멋져요."

"나도 그렇게 생각해. 시로 지어봐도 될까?"

"으하하……. 역시 강적이야. 뭐, 됐어. 이 몸의 위신을 걸고서, 마지막 강의에서 어떻게든 해낼 테니까."

엘리자베스가 나지막한 목소리로 말하자, 레파가 오른손을 척 올렸다.

"선생님, 마지막 강의란 뭔가요?"

"후후, 힌트를 가르쳐줄게, 레이파. '흔들다리 효과'라는 게 뭔지 알아?"

"네! 흔들다리처럼 위험한 곳에 이성과 함께 있음으로써, 공포로 인한 가슴의 고동을 사랑의 두근거림으로 착각하게

만드는 수법이로군요. 넛붙여서 출신은 신생님이 감수히 신
『절대 성공! 너무 효과 있어서 위험한 연애 테크닉』212쪽
상급 편 여섯 번째입니다.”

“정말로 공부만큼은 열심히 하는구나…….”

강사가 감탄 반, 어이없음 반을 섞어 말했다. 그러자 레파
가 헤벌쭉한 표정을 지으며 아그니스를 보았다.

“후후, 내 승리구나. 연애 공부는 양보다 질이야. 첫날부
터 밤새운 것 치고는 별거 아니네.”

“큭……. 선생님! 다음은 뭔가 몸을 쓰는 과제를 내줘. 이
를테면 점프해서 강당 천장에 터치하는 거라든가.”

“레이파, 유감이지만 현재 너도 질이 모자라고, 애시는 애
당초 무슨 소릴 하는지 전혀 모르겠어. 정말, 이 두 사람은
뭐냐고오오오!”

저도 모르게 머리를 감싸 쥔 엘리자베스는 그 상황에서
자신을 진정시키듯이 크게 숨을 내뱉었다.

“어쨌거나 키워드는 ‘흔들다리 효과’야. 마지막 강의는 모
두에게 사소한 두근거림을 맛보게 해줄게.”

* * *

다음날.
까악까악 수상한 새의 울음소리가 울려 퍼지고, 학생들이

불안하게 얼굴을 마주 보았다.

그곳은 울창한 숲속. 내뻗은 가지와 잎이 여름의 햇살을 차단했고, 공기는 어쩐지 서늘했다. 낮인데도 괜스레 주위가 어스름하게 느껴졌다.

"자아, 다들 표정이 어둡네. 커뮤니케이션의 기본은 웃는 얼굴부터 시작이야."

연애 강사 엘리자베스가 손뼉을 짝짝 치며 학생들을 모았다.

"다들 지금까지 열심히 했어. 엘리자베스류 연애 레슨도 마침내 마지막 강의야."

그리고 굵직한 목소리로 소리를 질렀다.

"레츠, 서바이벌!"

"서바이벌……?"

학생들에게 술렁임이 퍼졌다.

그곳은 리피르 교외에서 한동안 동쪽으로 나아간 곳에 있는 깊은 숲이다. 입구에는 침입을 거부하듯이 수많은 철조망이 쳐졌다. 하지만 일동은 강사의 선도 아래, 그 철조망을 넘어서 오지까지 전진했다.

"여기는 미로의 숲이라고 불리는데, 예전엔 수많은 여행자가 길을 잃고 헤메던 위험한 장소야. 지금은 격리 구역이되어서 다가오는 사람조차 없지. 여기가 서머 캠프 마지막레슨 회장이야."

불온한 내용을 듣고, 하이킹이라도 가는 술 알았던 학생들 사이에 한층 더 불안이 퍼졌다.

"모두에게 연애 기초는 가르쳐줬어. 실전도 경험했지. 마지막에 필요한 건 자신감이야. 자신은 이 위험한 숲에서 벌이는 서바이벌을 견뎌냈다. 그런 자신감만 있으면 뭐든지 할 수 있게 되겠지. 이른바 배짱을 키우기 위한 프로그램이야."

"……."

하지만 참가자들은 겁에 질린 기색으로 움찔움찔 주위만 둘러볼 뿐이었다.

"어머어머, 한심한 표정이네. 물론 엘리자베스류 연애 레슨은 그에 그치지 않아. 모두는 '흔들다리 효과'를 알아——."

레파가 지체없이 손을 높게 들었다.

"네! 흔들다리처럼 위험한 곳에 이성과 함께 있음으로써, 공포로 인한 가슴의 고동을 사랑의 두근거림으로 착각하게 만드는 수법입니다. 덧붙여서 출전은 『절대 성공! 너무 효과 있어서 위험한 연애 테크닉』 212쪽, 상급 편 여섯 번째!"

"여전히 대답은 빠르구나, 레이파?!"

엘리자베스가 말하자, 아그니스가 끼어들었다.

"큭, 선생님! 뭔가 체력적인 과제를 내게……!"

"애시, 조용히 좀 하자. 연애에 체력은 관계없다——고 말하고 싶지만, 이 마지막 강의에 한해서는 실컷 몸을 움직일 거야. 어쨌거나 모두의 과제는 이 미로의 숲에서 서바이벌 생활을 해내는 것인걸."

"흐음……?"

아그니스의 눈썹이 움찔 움직였다.

강사는 씨익 미소 지으며 겁먹은 학생들을 찬찬히 둘러보았다.

"아직 불안한가 보네. 자, '흔들다리 효과'를 전제로 모두에게 문제를 내겠습니다. 여기에는 많은 남녀가 있어. 이 고난을 함께 경험하면 과연 어떻게 될까?"

"……!"

학생들의 안색이 한순간에 변했다.

"서바이벌로 얻은 공포감. 두근거림. 자, 어떻게 될까?"

"으어……."

"연심으로…… 바뀔지도 모르지. 사랑이…… 싹틀지도 모른다고."

"우오오오오오오오."

엘리자베스는 주먹을 높게 치켜들었다.

"너희드을, 여름은 아직 끝나지 않았다아! 한여름의 사랑을 손에 넣지 않겠는가아아아!"

"우오오오오오오오오오오오오오오오오오옷!"

숲에 학생들의 포효가 메아리쳤다. 그것은 혼을 뒤흔드는

129

것만 같은 함성이었다.

"그런 거였나!"

"'흔들다리 효과'의 실전 편이라니. 과연 선생님이셔!"

아그니스와 레파의 시선이 교차했고, 두 사람은 황급히 시선을 피했다.

"후후후, 즐거워 보이네."

"곤란해, 이건 곤란하다고."

카이와 로리에도 뒤이어 말했다.

엘리자베스는 흥분하는 학생들을 만족스럽게 바라보며 고개를 끄덕였다.

아무리 노력해도 2주 동안의 강의와 실전을 따라오지 못하는 학생도 있다. 그런 학생을 구제하는 마지막 프로그램이 바로 이 숲 서바이벌 캠프이다.

연애 약자라는 동료 의식. 지금까지 함께 지내온 나날. 그리고 마지막에 가혹한 체험을 함께 수행하면 좋든 싫든 사랑에 빠지게 되리라.

그것은 분명 문제의 네 사람 역시 예외는 아닐 것이다.

그들은 평범한 감각을 가진 상대와 교제하기 어려울지도 모른다. 그렇다면 동료끼리 붙여놓아서 일단 연애를 경험시키는 것이 첫걸음이다.

지금, 두 사람의 '최강'에게는 확실히 순풍이 부는 것이었다.

"자, 기간은 이틀이야. 4인 1조로 팀을 짤 테니까 함께 행동하도록 해."

명단 발표 결과, 아그니스와 레파, 카이와 로리에 네 사람은 한 팀이 되었다.

물론 엘리자베스의 의도였다.

"그리고 서바이벌 도구를 몇 개 준비했으니까 이걸 잘 이용해서 살아남도록 해."

연애 강사가 준비한 천 꾸러미를 풀자, 나이프와 톱, 도끼와 활과 화살, 거기에 로프 등 도구류가 나왔다.

——후후후, 고난을 이겨내며 실컷 인연을 다지렴.

엘리자베스는 가장 문제아인 4인조를 슬쩍 관찰했다.

"요컨대 숲에서 야영하는 거구나. 어쩔래?"

카이가 흐느적흐느적 몸을 흔들면서 말하자, 두 사람의 '최강'이 대답했다.

"우선 물을 확보해야지. 식료품은 2, 3일 없어도 죽지 않겠지만 물은 필수야. 이 계절엔 탈수 상태가 되기 쉽고 하니."

"그리고 불을 피우려면 장작을 모아야겠군. 음식을 조리하는 데도 필요하고, 짐승을 쫓는 데도 유용하니까."

——어, 쓸데없이 차분한데?

다른 학생들이 첫 숲 서바이벌에 동요해서 허둥지둥하는 사이, 이 두 사람은 태연한 기색으로 쓸데없이 적확하게 행

농하시 시작했다. 분명 두 사람이 참가 프로필에는 독서를 좋아하는 소녀와 신참 요리사라는 직함이 기재되어 있었는데…….

"그럼 우린 물을 찾으러 갈까?"

"좋았어, 좀이 쑤시는데."

카이와 인형을 안은 로리에는 함께 숲 안쪽으로 사라졌다.

"그럼 우리는 장작을 모으면서 식재료 조달을 할까."

"그러자."

그 자리에 남은 레파와 아그니스는 그렇게 말하며 천천히 걷기 시작했다.

엘리자베스는 손을 흔들며 두 사람을 불렀다.

"애시, 레이파. 힘내."

"네, 선생님!"

"그래, 맡겨둬."

그렇게 대답하고 나무 사이를 가르며 들어가는 두 사람. 엘리자베스는 그 뒷모습을 눈으로 좇으면서 중얼거렸다.

"후후. 평소처럼 대답은 잘하지만 식료품 조달은 그렇게 쉽지 않을 거야. 자연 속에서 빈손으로 식재료를 확보하는 게 얼마나 힘든 일인지 금세 뼈저리도록 깨닫게 되겠지."

일단 도구 주머니에 활과 화살이나 덫을 준비했다. 그래도 위험을 동반해서 매년 많은 학생들이 식재료를 모으는 데는 많은 고생을 한다. 하지만 그만큼 다 함께 노력해서 동물을 잡거나 물고기를 낚았을 때 깊어지는 인연은 범상치 않아서, 식재료 찾기는 '흔들다리 효과'가 발휘되는 절호의 타이밍이기도 하다.

——자, 실컷 고생하렴. 그리고 두근거림을 맛보는 거야.

"잡아 왔어."

"저도 잡아 왔어요!"

"어, 빠르잖아아!"

엘리자베스는 저도 모르게 큰소리를 냈고, 다른 학생들의 시선을 느끼며 크흠 헛기침했다.

——어, 이상하지 않나? 아무리 그래도 그렇지 너무 빠르잖아?

하지만 두 사람은 확실히 장작과 함께 동물도 손에 들고 있다.

레파가 손에 든 건 숲 토끼다. 남보다 배로 경계심이 강한 미로의 숲 토끼는 덫에도 좀처럼 안 걸려서, 베테랑 사냥꾼도 잡기 어렵다고 하는데.

더군다나 어째서인지 한 번 얼린 것처럼 서늘하게 차갑다.

그리고 아그니스가 들고 있는 것은 구름숨기라고 하는 대형 새의 일종이다. 이에 이르러서는 숲의 생물조차 아니라, 그 이름대로 구름에 숨을 만큼 높은 고도를 나는 새이다.

사냥감의 머리에 돌이 맞은 것 같은 상처가 있는데……설마 지상에서 돌을 던져서 잡았을까? 아니, 분명 우연히 숲에서 쉬고 있을 때 잡았으리라. 하지만——

엘리자베스는 목울대를 꿀꺽 울렸다.

"대체 무슨 일이 일어난 거야……? 아니, 어쩐지 굉장히 칭찬해주기를 바라는 것처럼 보이는데?!"

의아해하는 강사를 아랑곳하지 않고, 당사자인 두 사람은 눈동자를 반짝반짝 빛내며 반응을 기다렸다.

"어, 뭐, 됐어……. 어쨌거나 둘 다 대단해."

"훗."

"에헤헤."

"힘들었지? 둘이서 협력해서 잡았니?"

"……어? 대체 왜요?"

"협력? 나한테 그런 게 필요하다고?"

"아니, 어째선지 둘 다 눈빛이 무서운데…….."

무언가 지뢰를 밟아 버렸을까?

엘리자베스가 고개를 갸웃거리고 있노라니, 아그니스가 레파의 사냥감을 흘낏 보고서 말했다.

"아무래도…… 내 사냥감이 더 큰 거 같군."

"으!"

레파가 입을 삐죽였다.

"자, 둘 다. 사냥감을 잡았다면 다음은 불을 피울까. 모처럼 하는 야영이니까 나뭇가지를 이용해보면 어떨까?"

엘리자베스가 사이에 끼어들어 제안하자, 두 사람은 각각

"네!", "그래!"라고 대답하고서 재빠르게 발길을 돌렸다.

──후후후, 이번에야말로 그리 쉽지는 않을 거야.

연애 강사는 팔짱을 끼고서 씨익 웃었다.

불씨조차 없는 이런 야외에서는 불을 피울 수단이 한정되어 있다. 나뭇가지를 이용하라고 말한 이유는 마찰을 이용해 불을 피우는 막대기로 쓰기 위해서인데 이게 사실 의외로 힘들다. 좁은 널빤지에 타기 쉬운 풀을 얹고서 일심불란하게 비벼야만 한다. 요령을 파악하려면 상당한 시간이 필요할 것이다.

하지만 그게 좋다.

고생 끝에 겨우 불을 얻었을 때는, 그와 동시에 두 사람 마음속의 불꽃도 켜지리라.

이것이야말로 엘리자베스류 두근두근 야외 레슨.

연애 강사는 만족스럽게 고개를 끄덕이며 다른 학생들의 상태를 보러 가기로 했다.

하지만 그 무렵──.

화륵!

가지를 한번 휘두른 아그니스는 대기와 강력한 마찰열을 내 단숨에 불을 일으켰다.

"훗, 내가 장작에 불을 더 빨리 붙였군."

"그, 그런 방식은 비겁해."

"선생님 말에 따라서 제대로 나뭇가지를 썼는데?"

"으으윽."

레파가 볼록 뺨을 부풀렸다.

"큭, 아까 전부터 쓸데없이 도전적이네. 내가 먼저 엘리자베스 선생님의 '흔들다리 효과' 질문에 대답한 거에 앙심을 품은 거지?"

"무슨 소리야?"

"노골적으로 시선을 피했지? 흥, 좋아. 그쪽이 그럴 생각이라면……."

레파가 지면에 무언가를 그리기 시작했다.

그러자 대지에서 화르륵 불꽃이 춤을 췄다.

"후후, 어때? 네 불꽃보다 크지."

"그건 마법이잖아. 선생님은 나뭇가지를 쓰라고 했다고."

"나뭇가지를 써서 마법진을 그렸잖아. 뭐 불만 있어?"

레파는 씨익 웃으며 대답했다.

불 마법은 특기 분야가 아니지만, 마법진 같은 매개가 있으면 못 쓸 것도 없다.

"과연…… 그렇게 나오시겠다."

화륵.

다시 아그니스가 불을 일으켰다.

"안이하네."

화륵!

레파가 큼지막한 마법진을 다시 그리자 거기에서 커다란

불꽃이 생겨났다.

"불꽃으로 이 몸에게 대항할 셈이냐?"

화르륵!

아그니스는 더욱 강하게 나뭇가지를 휘둘러 커다란 불꽃을 만들었다.

"그런 가는 나뭇가지로는 충분한 마찰을 얻을 수 없어. 오히려 이쪽이 유리하다고!"

화르르륵!

레파는 그에 대항하듯이 마법진에 복잡한 문양을 적어 넣었다.

두 사람의 눈동자가 쓰윽 가늘어졌다.

"……끝까지 해보시겠다?"

"……너야말로."

한편, 다른 학생들의 상태를 대강 확인한 엘리자베스는 문제의 두 사람 곁으로 발을 옮겼다.

걸으면서 아까 사냥감을 가지고 온 두 사람의 얼굴을 떠올렸다.

그들은 칭찬받아서 꽤 기뻐 보였다. 곰곰이 생각해보니 지금까지 연애 강의로 실패를 거듭해온 그들을 칭찬할 기회가 별로 없었다.

만약 불 피우기를 잘 해내면 또 칭찬해주자.

──분명 크게 기뻐하며 과제에 매진하겠지.

"애시, 레이파. 잘 돼 가? 후후, 불을 일으키기는 의외로 어렵지."

엘리자베스는 생글생글 웃는 얼굴로 말하면서 눈앞의 수풀을 치웠고——.

"아니, 우와아아아아아아아아아아아악!"

거기에서 기겁했다.

바로 눈앞에, 큰 나무를 한순간에 태울 만큼 거대한 불꽃 두 개가 흔들렸다.

"화, 화재, 화재, 화재애애!"

엘리자베스는 엉덩방아를 찧은 채 당황해서 외쳤다.

그러자 두 사람이 가슴을 펴며 말했다.

""선생님, 어느 쪽 불꽃이 더 큰가요?""

"그보다 어서 불을 꺼어어어!"

"옛서, 써."

레파가 오른손을 휘두르자 차가운 파동과 함께 불꽃이 대량의 증기를 뿜으며 사라졌다.

"얼레, 어?"

연애 강사는 주저앉은 상태로 눈을 끔뻑거렸다. 당황해서 소리를 질러버렸는데, 지금 본 건 환상이었나?

엘리자베스는 가까스로 일어서서 두 사람 사이에 끼어들었다.

"있잖아, 둘 다. 무, 무슨 일이 일어났는지는 전혀 모르겠지만, 어쨌거나 대립하는 건 바람직하지 않아. 이, 이제 불을 피우기는 됐으니까, 잠자리를 준비하렴."

"잠자리 만들기라. 알겠어."

"재미있겠네."

두 사람이 느릿하게 일어섰다.

"아니, 이거 봐! 싸우면 안 돼. 다음엔 둘이서 잘 협력할 것."

함께 커다란 고난을 극복해야 인연은 깊어진다.

그 말을 들은 두 사람은 흘낏 시선을 맞췄다.

"뭐……."

"선생님이 그렇게 말씀하신다면……."

마지못해 고개를 끄덕인 두 사람은 걸어가면서 대화를 나눴다.

"그건 그렇고…… 아까 전부터 신경 쓰였는데."

"뭐가?"

"선생님이 말하는 '흔들다리 효과'의 두근거림이란 건, 대체 언제쯤 찾아오는 거지?"

"선생님이 하신 말씀이니 걱정 없어. 분명 이 뒤에 엄청난 고난이 일어날 게 뻔해."

"아니, 이미 고난은 일어났을 텐데……."

연애 강사는 잔뜩 지친 기색으로 두 사람을 뒷모습을 배웅했다.

──하지만 이번엔 꼭, 이번에야말로 잘 될 거야.

짐자리 만들기는 힘든 작업이다. 나뭇가지를 엮어서 간단한 기둥과 격자 형태의 지붕을 만들고, 비와 이슬을 피하고자 큼직한 잎사귀를 지붕에 깐다. 서바이벌 도구로 도끼와 톱 역시 준비했다. 하지만 그 장비를 사용해서 나무 한 그루를 베어 넘기고 적당히 자르기만 해도 중노동이다. 그 때문에 성취했을 때 얻게 되는 달성감과 가까워지는 거리감은 두드러진다.

──하지만 대체 왜 그럴까……? 묘하게 불길한 예감이 들어.

퍽퍽퍽.

"……?"

퍽퍽퍽퍼억.

조금 떨어진 곳에서 불온한 소리가 난다.

마치 거목을 두들겨 부러뜨리는 것 같은.

구웅! 촤아아아악!

다음으로는 나무를 가공하는 것 같은, 어딘가 서늘하고 날카롭고 새된 소리가 들렸다.

퍽퍽퍽퍽퍽퍼억!

촤아아아아아악!

퍽퍽퍽퍽퍽퍽퍼억!

촤아아아아아이악!

"자, 잠깐 기다려. 대체 무슨 일이 일어나는 거야?"

엘리자베스는 미간을 찌푸리면서 소리가 나는 쪽으로 머뭇머뭇 향했다.

분명히 이 앞은 그 두 사람이 간 방향이다. 그나저나 지금 깨달았는데 그들은 미리 준비해둔 도끼나 톱조차 들고 가지 않았다. 그렇다면 두 사람은 대체 무엇을 하는 걸까?

그렇게 몇 개의 수풀을 헤쳐나가자 그 앞에서——.

엘리자베스가 목격한 것은 3층 호화 저택이었다.

"와아, 으리으리한 저택……. 아니, 자, 자자자자잠까아아아아아아아안!"

절규하면서 딴죽을 걸자, 득의양양한 표정의 아그니스와 쑥스러운 기색인 레파가 다가와 말을 걸었다.

"선생님, 어때? 협력해서 잠자리를 만들었어."

"저기…… 칭찬해주실 거예요?"

"아니, 칭찬하겠지만!! 굉장하지만!! 우드 덱까지 달려 있네?!"

"훗."

"에헤헤헤헤."

"잠깐, 잠깐, 잠깐, 잠깐, 이상하잖아?! 어떻게 이 짧은 시간 동안 이런 집을 지을 수 있는 건데?! 대체 정체가 뭐니?! 너희는 신참 요리사와 독서를 좋아하는 여자아이가 아니었어?"

저도 모르게 거칠게 말하자, 두 사람은 아뿔싸 하는 표정을 지었다.

"아, 그래……. 그렇지. 난 어디까지나 일반인이지만, 요리를 만들었더니 집도 만들 수 있게 되었다고나 할까."

"그게 무슨 상관이야?!"

"저, 저도 평범한 여자지만, 책을 읽었더니 어느샌가 집을 지을 수 있게 되었어요."

"학습능력이 너무 높잖아?!"

저도 모르게 딴죽을 건 엘리자베스는 가지 사이에서 들여다보이는 푸른 하늘을 우러르며 눈을 가늘게 떴다.

"후후후……. 나도 일반 상식에서 벗어난 길을 걸어왔지만, 상식이란 걸 다시 한번 생각해볼 필요가 있겠어……."

그렇게 중얼거린 엘리자베스는 무거운 발걸음으로 떠나갔다.

때마침 교대하듯이 카이와 로리에가 숲 안쪽에서 모습을 드러냈다.

"이봐, 저쪽에 물을 발견했어. 오오, 어쩐지 대단한 집이 생겼네. ……음, 둘 다 표정이 떨떠름한데 무슨 일이야?"

'최강' 두 사람은 얼굴을 마주 보았다.

"아니, 선생님의 상태가 좀 이상하지 않아?"

"걱정돼. 무슨 일이 있었을까?"

"뭔지 잘 모르겠지만, 그건 아마 너희 때문일 거야."

곰 인형이 냉정하게 말했다.

"그나저나 식자재도 물도 잠자리도 확보한 다음엔 뭘 하지?"

"그러게……."

카이가 집 옆에 쌓아놓은 목제로 시선을 옮기며 씨익 미소 지었다.

"아직 목재가 남아 있는 거 같으니까, 마침 좋은 생각이 떠올랐어.

＊ ＊ ＊

서바이벌의 땅—— 미로의 숲에 땅거미가 졌다.

광장처럼 펼쳐진 숲 일대에 타오르는 불꽃이 하늘을 태웠다.

"""캠프 파이어어어어!"""

학생들이 포효하며 팔을 높게 하늘로 치켜들었다.

그들 중앙에서는 격자 형태로 쌓아놓은 나무 틀에 붉은 불이 타올랐다.

"과연. 남은 목재를 이렇게 쓰는 건가."

"멋진 아이디어야, 카이."

"칭찬해주는 거야? 예전엔 곧잘 혼자서 하곤 했지."

"뭔가 들어서는 안 되는 이야기 같군."

네 사람은 각각 말을 나누었다.

2주일 동안에 밀친 서머 캠프 마지막 밤이 막을 열려고 했다.

연회가 시작되자 다들 떠들썩한 분위기를 만끽했다. 별이 총총히 뜬 하늘을 바라보면서 아그니스가 중얼거렸다.

"뭐, 이러니저러니 해도 즐거운 캠프였어."

"그러게, 즐거웠어."

레파는 흔들리는 불꽃을 바라보면서 고개를 끄덕였다.

어째서인지 마음이 무척 차분하다. 여기에 있는 사람은 다들 연애 약자이니 동료 의식 같은 게 생겼기 때문이리라.

여기는 좋다.

무척 다정한 세상이다.

하지만 그때 불현듯 아그니스가 말했다.

"그나저나…… 뭔가 묘하게 거리가 가까운 녀석들이 많지 않아?"

"그러고 보니 나도 조금 신경 쓰였어."

불을 둘러싼 동기생들을 자세히 보니, 찰싹 달라붙은 남녀 페어가 쓸데없이 많았다.

곰 인형이 툭 말했다.

"뭐, 서머 캠프는 연애 능력 향상만이 목적은 아니니까. 만남의 자리도 겸하는 거겠지."

""어──?!""

아그니스와 레파가 얼굴을 마주 보며 할 말을 잃었다.

"그, 그건⋯⋯."

"카이, 그게 정말이야?"

두 사람이 초조한 기색을 보이며 묻자, 카이는 살짝 고개를 갸웃거리며 대답했다.

"뭐, 충분히 가능하지 않겠어? 여기는 연애에 서투른 사람들이 모이는 곳이니까 동료 의식이 싹트기 쉽고, 서로 연애에 서툴다는 사실을 아니까 부담 없이 대화할 수 있어. 같은 강의를 들었으니 실전 편으로 이보다 더 좋은 상대는 없을지도 몰라."

확실히, 그 사실을 인식하고서 둘러보자 여기저기에 커플이 된 것처럼 보이는 페어가 눈에 들어왔다. 서머 캠프 당초에는 "듀후후, 소인은 이미 2차원을 제패했으니, 다음은 3차원에 도전하려는 생각이 들었소이다" 같은 소리를 하던 남자들도 어느샌가 소녀들의 어깨에 손을 두르고 있었다.

"어, 그게⋯⋯."

레파는 혼란스러운 머리로 두리번두리번 시선을 움직였다.

그렇다는 건, 즉, 그건가?

캠프 참가자들은 어느샌가 연애 스킬을 대폭 올려서 커플이 됐고, 여전히 솔로인 건 자신들뿐이라는 뜻일까——?

"흐에에⋯⋯."

안경 너머의 눈동자에 눈물이 촉촉이 번졌다.

"내, 내 나쁜인 세상이, 내 더럽한 세상이, 아, 아……"

"레이파. 진정하고 심호흡해."

한편 아그니스의 눈동자에는 어두운 살기가 깃들었다.

"어차피, 이 세상은 수라의 길이라는 건가."

"애시. 정말 터무니없는 눈빛이야. 무서워. 어쩐지 둘 다 갑자기 기운이 없어진 거 같네."

무릎을 끌어안은 채 울적해진 '최강' 두 사람을 바라보며, 자칭 음유시인은 은 하프를 천천히 품에서 꺼내 들었다.

"그럼, 기분 전환을 위해 내가 노래라도 바칠까."

"어. 아니."

"지금은 됐어."

"후후후, 사양할 필요는 없어."

"아니, 사양하는 게 아니라."

"정말로 그럴 기분이 아니야."

"자, 뭐가 좋을까? 그렇지, 그걸로 하자."

"전혀 꺾이지 않네……."

"뭐……, 그런 점은 싫지 않지만."

"후후후, 영광이야."

카이는 상쾌하게 웃는 얼굴로 일어서더니 현을 띠리링 울렸다.

——옛날 옛적에. 이것은 끝없는 전쟁을 되풀이하던 두 대국의 이야기——.

별안간 카이의 입이 맑은 노랫소리를 자아내자, 아그니스와 레파는 서로 얼굴을 마주 보았다.

하프로 연주하는 아름다운 선율과 함께 흘러가듯이 이야기를 만들어냈다.

──끝없이 이어지는 두 나라의 싸움. 나타난 것은 두 사람의 '최강'──.

백발의 음유시인은 나직이 노래를 이어갔다. 마치 숲이 속삭이는 것 같았다.

한쪽은 무적의 검을 휘두르는 검사.

한쪽은 무한한 마술을 구사하는 마술사.

기나긴 전란 속 양국에 나타난 영웅.

붉은 불꽃에 비치는 카이의 모습은 어쩐지 신성해서, 아그니스와 레파뿐만이 아니라 그 자리에 있던 자들 전원이 넋을 잃고 노래를 들었다.

──무대는 전장. 두 영웅의 불꽃이 흩어지고──.

하늘이 울고 땅이 흔들릴 만한 '최강'의 격렬한 싸움이 몇 번이고 반복되는 사이에, 그들은 자기 마음의 변화를 알게 된다. 처음에는 증오스러운 적으로 만난 두 사람. 하지만 전쟁을 반복하는 사이, 상대의 올곧은 강함을 인정할 수밖에 없다고 생각하게 되었다.

──그리고 찾아온 평온의 때──.

숙적은 이윽고 호적수로 변했고, 상대에게 품은 존경은

어느샌가 서로가 목숨을 걸고 싸우는 데에 대한 의문으로 이어졌다. 두 사람은 긴 갈등 끝에 국내에 정전을 호소하는 행동에 나서게 되었다.

"저기, 그건……."

"혹시나, 에스키아와 이그마르의 '잔잔한 시대' 이야기야?"

아그니스와 레파가 말했다. 두 사람이 태어나기 전 일이기는 하지만, 20년쯤 전에 '잔잔한 시대'라고 불린 환상의 우호기가 있었다는 사실은 알았다.

그때 카이는 연주하는 손길을 일단 멈추고 말했다.

"흐음, 너희는 '잔잔한 시대'에 대해 알아?"

그리고 생긋 미소 지었다.

"뭐, 이 이야기는 음유시인의 상상을 자극하는 소재니까. 실제 있었던 일을 소재로 참고했어. 그런 식으로 역사에 있는 사실 없는 사실을 더해서 장대한 이야기로 만드는 게 음유시인의 역할이야."

"지금, 본전을 까먹는 소릴 했군."

"이를테면 이야기 뒤에 그들에게 또 다른 마음이 있었다고 생각해보면 어떨까?"

"마음?"

"그래——."

카이는 고개를 갸웃거리는 레파를 향해 띠리링 하프를 울렸다.

──사지에서 깨달은 미지의 고동.

어느 날, 전장으로 향했던 두 사람은 자연스럽게 상대의 모습을 찾는 자기 자신을 깨달았다.

마주치면 싸울 운명인데. 만난 날에는 마음이 들뜨고, 만나지 못한 날에는 기분이 침울해진다. 검과 마술이 교차할 때마다, 불꽃이 번쩍이고 가슴속이 타들어갔다.

──사랑. 그 마음에 이름을 붙이자.

""…….""

아그니스와 레파의 시선이 교차했고, 다시 울리기 시작한 우아하고 아름다운 하프의 음색이 밤공기에 스며들었다.

과거의 '최강' 두 사람은 사랑에 빠지고 말았다.

내지르는 베기 공격은 땅을 가르고, 쏟아지는 마술이 대기를 도려낸다. 처절한 충돌은 동시에 천만의 대화에 필적해 상대를 깊게 이해할 기회가 될 수 있었다.

"그래. 만약 그렇다면 '잔잔한 시대'는 사랑하는 두 사람이 가져다준 거구나. 어쩐지 굉장히 멋진 이야기가 된 느낌이 들어."

"후후후, 그렇게 생각하면 로맨틱하겠지, 레이파. 거기에 이런 조건도 붙여보자."

레파의 들뜬 말을 듣고, 카이는 옅게 웃으며 대답했다.

──가까워지는 두 사람과 두 나라. 이윽고 하나의 미래

를 응시하고──.

싸움이 멈춘 사이, 두 나라 수뇌부 사이에서는 몇 번이나 물밑에서 교섭했다. 그리고 약 3년에 교섭 걸친 끝에 마침내 비밀리에 역사적인 합의가 이루어졌다.

그것은 양국의 동맹.

두 나라는 오랜 전쟁에 종지부를 찍기로 결정했다.

"마침내 그날이 찾아왔구나!"

레파는 활짝 웃었지만 금세 눈썹 끝을 늘어뜨렸다.

"하지만, 잠깐. 그래서야……."

"맞아, 이 사랑은 비극으로 끝나게 돼. 역사에서는 정전한 지 약 3년 후 양군이 상대의 진영을 공격해서 전쟁이 재개되는데, 이를테면 이날이 동맹을 조인하기 전날이었다고 치면 어떨까?"

"아, 안 돼! 그런 설정은 필요 없어."

"분위기를 꽤 잘 타네. 고마워, 레이파. 넌 행복한 이야기를 좋아하는구나. 하지만 음유시인은 비애를 좋아하기 마련이야."

카이는 그렇게 말하며 이야기의 마지막을 자아내기 시작했다.

──전달된 비보가 다시 두 사람을 갈라놓는다──.

최전선에서 싸우는 병사 중에는 오랜 정전을 받아들이지 못하는 자들이 적지 않았다. 그런 그들 중 일부가 사소한 분쟁을 일으켜 서로의 진영을 급습한 것이다. 우호 분위기를 깨부순 상대의 행동에 서로 격노하고, 양국은 다시 전쟁으로 방향을 틀게 되었다.

──아아, 운명이여. 세상은 이리도 잔혹하다──.

그때 두 사람의 심경은 과연 어땠을까? 하루만 더 아무 일 없이 지나갔더라면, 두 나라의 우호적 동맹이 성립되고, 떳떳하게 함께할 수 있었을 텐데.

몹시 화가 난 양국 수뇌부는 '최강' 두 사람을 선봉대로 파견하기로 했다. 그리고 재전의 봉화로 일기토를 명한 것이었다.

──속에 품은 마음은 삼켜지고. 2강의 동귀어진에 별은 떨어지네──.

깊은 절망에 사로잡힌 두 사람은 평소처럼 날카롭지 않았다.

서로가 부주의 때문에 치명상을 입고 숨을 거두게 되었다.

우호의 기치였던 두 사람의 죽음. 그것을 계기로 양국에 숨어 있던 반동맹파 세력도 되살아나 동맹은 당연하다는 듯이 백지로 돌아가게 되었다.

──이것은 그런 비극적인 사랑 이야기──.

카이가 하프를 고요히 울렸고, 그 여운이 숲속의 밤으로 사라져갔다.

관중인 학생들의 박수가 짝짝 울렸다.

"비극적인 사랑이다……."

"으으, 정말 슬픈 이야기야……."

"그렇게까지 감정이입을 해주다니 노래한 보람이 있네."

아그니스가 중얼거리고, 레파가 깊이 감동한 듯이 한숨을 쉬었다. 그러자 카이는 느긋하게 웃으며 대답했다.

"무척 멋졌어, 카이."

캠프 파이어로 들뜬 학생들을 구석에서 바라보던 엘리자베스가 다가와서 곁에 털썩 주저앉았다.

"나도 상식에 대해서 살짝 고민했지만…… 그런 걸 잊을 만큼 가슴을 울리는 노래였어. 그런 노래를 지을 수 있는데, 사랑을 모른다는 소리를 하지 마."

"그럴까……?"

"맞아. 특히 두 사람이 마지막 전장에서 마주하는 장면이 좋았어."

수염이 살짝 진해진 강사는 활활 불타오르는 캠프 파이어를 가늘게 뜬 눈으로 바라보았다.

"나도 반성해야겠네. 연애에 서투른 너희를 어떻게 잘 살릴지, 그런 생각만 했어. 그런데 이렇게 하면 잘 된다, 저렇게 하면 안 된다, 그런 방법론에만 지나치게 사로잡혔을지도 몰라. 연애란 결국 진심으로 상대에게 부딪칠 수밖에 없어. 상처 입을지도 모르고, 아플지도 모르지. 그래도 진심으로 부딪치지 않는 한 결코 문은 열리지 않아."

엘리자베스는 더듬더듬 말하고서 찡긋 윙크했다.

"그냥 해본 소리이야. 마지막 레슨으로 기억해둬. 게다가 아직 난 너희들이 사랑을 쟁취하는 걸 포기하지 않았어. 마지막 밤이 남아 있잖아."

"".......""

아그니스와 레파가 얼굴을 마주 봤다. 불꽃 때문인지 서로의 얼굴이 붉게 보였다.

캠프 마지막 날 밤은 이렇게 저물었다.

* * *

"――후우."

캠프 파이어의 불도 꺼지고 학생들이 잠들었을 무렵.

레파는 홀로 숲 안쪽에 있는 물가에 찾아왔다.

"아무도 없겠지……?"

그녀는 주위를 두리번두리번 확인한 후, 안경을 내려놓은 다음 천천히 옷을 벗기 시작했다.

달빛 아래 새하얀 피부가 드러나고, 발바닥에는 서늘한 흙의 감촉이 느껴졌다.

목적은 목욕.

한여름의 야외 활동과 캠프 파이어 탓에 몸은 땀으로 흠뻑 젖었다. 무슨 일이 있어도 자기 전에 땀을 씻고 싶어져서, 이런 심야에 물가로 찾아온 것이다.

"차갑……지만, 기분 좋아."

샘에 발을 집어넣자 수면에 잔잔한 파문이 퍼졌다.

허리까지 몸을 담갔다. 투명한 물이 달아오른 몸을 시원하게 감싸주었다.

"……."

하지만 어째서일까? 기분은 개운해지지 않았다.

양손으로 물을 퍼 올렸다.

레파는 거기에 흐릿하게 비치는 자신의 얼굴을 바라보았다.

기합을 넣고서 연애 서머 캠프에 참가했지만, 예상치 못하게 맞선 상대와 맞닥뜨렸다. 그리고 서로 고집 피우며 경쟁하는 사이, 제대로 된 성과도 올리지 못한 채 마지막 날이 찾아오고 말았다. 프로그램이 끝나면 또 그 녀석과 맞선을 시작하게 되는데.

"맞선이라……."

레파는 툭 말하며 퍼 올린 물을 샘에 도로 부었다.

그 '플레임 로드'를 농락해서 이그마르 진영으로 끌어들이는 것이 레파의 역할이었지만, 실은 이전 제국군 쌍둥이 병사와의 전투 후 그 남자에게서 고백 같은 말을 들은 기분이 든다. 더군다나 요전 날에는 레바민트 왕국의 왕녀 에리카가 '플레임 로드'에게 고백했을 때, 남자는 레파에게 호감이 있는 것 같은 말을 한 기분도 든다.

그것은 환청이 아니었으리라. 아마. 분명. 어쩌면.

하지만——.

"……자신이 없어……."

레파는 물속을 천천히 이동하면서 한숨을 쉬었다.

환청이 아니었다고 해도, 그 감정은 한때의 착각일 뿐, 지금은 마음이 바뀌었을지도 모른다. 어쨌거나 연애를 이만큼이나 공부했는데, 결과가 전혀 따라주질 않는 것이다. 지금까지 애써 외면해 온 사실이 이제 와서 확실해진 기분이들었다.

——어쩌면…… 난 연애에 전혀 재능이 없는지도 몰라.

어릴 적 나누었던 약속을 가슴속에 품고, 지금까지 마술 실력을 쌓아 올렸다. 하지만 연애에 관한 일이 되면, 자신감이 무너지고 겁쟁이가 되어버린다.

"그나저나 애당초 난 왜 그 녀석을 좋아하는 걸까……?"

레파는 새삼스럽게 중얼거려 보았다.

분명 어릴 적, 궁지에 몰린 자신을 구해준 은혜가 있다.

"하지만…… 잘 생각해보면, 그 녀석은 둔감하고, 완고하고, 무신경하고, 비상식적이고, 금세 승부에 열을 올리고, 여자에게 터무니없는 선물을 주고, 리피르 경비 때는 정신이 들고 보니 여탕에 있기도 했고, 어쩌면 변태일지도 모르는데."

녤네, 짐깐민.

막상 입으로 소리 내서 말해보니, 그 남자의 어디가 좋은지 점점 더 모르겠다.

왜냐하면 지금까지 읽어온 연애 소설 주인공들과는 정반대 아닌가.

그렇다. 사랑을 해서 괴로운 것이다. 거북한 일을 굳이 할 필요가 있을까? 연심을 버리면, 좀 더 마음 편하게 미션에 도전할 수 있지 않을까?

"그래. 맞아. 좋은 생각이잖아."

레파는 팔짱을 끼고서 몇 번이나 고개를 끄덕였다.

그리고 나무들 틈새로 엿보이는 별하늘에 눈길을 주었다.

"뭐——……."

물론 그 녀석에게도 좋은 구석이 있기는 하지만.

불쌍하니까 조금은 장점을 열거해주자.

"굳이 말하자면, 배려는 서투르지만 일단 심성은 올곧고——."

"둔감하지만 남의 마음을 받아 들여줄 줄 알고——."

"약속은 이러니저러니 해도 꼭 지키고——."

"실패한 요리도 먹어주고——."

"무슨 일에도 진지하게 임하고——."

"웃으면 의외로 귀엽고——."

"여동생을 소중히 여기고——."

"약한 사람을 편들어주고——."

"목표를 향해 부단히 노력할 줄 알고——."

"공포를 알면서도 고난에 맞서는 용기를 가졌고——."

"나를…………."

어머니가 저지른 죄 때문에 궁정 안에서 멸시당하고 죽기를 바라서——.

자포자기로 마경에 들어가 먼지와 진흙으로 더러워지고 머리카락 색조차 빠졌던 꾀죄죄한 소녀를——.

"믿어주었어——."

나에게——.

"일어설 힘을 주었어……."

…….

…….

…….

어째서일까? 목이 메는 듯한 감각을 느꼈다.

가슴속이 답답하다.

눈시울이 서서히 뜨거워진다.

말과 함께 흘러넘치는 마음을 확인하지 않을 수 없게 된다.

아아——.

역시 무리다——.

난 이렇게나——.

──연애란 결국 진심으로 상대에게 부딪힐 수밖에 없어.

문득 존경하는 강사가 꺼낸 말을 떠올렸다.

"진심으로, 부딪친다……."

레파는 그 말을 입에 담았다.

그리고 손으로 물을 퍼서 얼굴에 찰싹찰싹 끼얹었다.

이제 남은 시간은 얼마 없다.

이런 나라도 과연 할 수 있을까? 솔직한 마음을 말할 수 있을까?

"너, 너를……."

레파는 정숙을 머금은 숲속 샘에서 천천히 입을 열어보았다.

"조, 조, 좋……."

거기에서 일단 말을 멈추고 크게 심호흡했다.

예행연습이라도 긴장은 부정할 수 없다.

가슴에 손을 대고, 다시 한번 말을 입으로 소리 내서 말해보았다.

"너를, 조, 조조조조조조, 조조……."

"역시 여기 있었나."

"조조조조조좋조오옹━━━━!"

레파는 갑자기 등 뒤에서 들린 목소리에 저도 모르게 묘한 비명을 질렀다.

레파가 뒤를 돌아보자 거기에는 균형 잡힌 실루엣에 펜던트를 목에 건 남자가 있었다.

"무, 무무무무무무무무무무무무무무무⋯⋯."

가슴을 손으로 가리면서 얼떨떨하게 상대를 바라보자, 마스크를 벗은 '플레임 로드'는 느긋한 웃음을 띠웠다.

"훗, 내가 여기에 있어서 놀란 모양이군. 답은 이래. 요전번 맞선에서 넌 목욕이 취미라고 했었지. 마지막 강의는 한여름의 야외 캠프. 상당히 땀을 많이 흘렸을 텐데, 이 숲에는 당연히 그런 편의시설은 없어. 하지만 취미라고 할 만큼 목욕을 좋아하는 넌 어떻게 해서든 땀을 씻고 싶었겠지. 그래서 이 물가에 찾아왔을 거야."

"아니, 뭘 의기양양하게 말하는 거냐고오오오! 그런 문제가 아니잖아아아아아!"

구구구웅!

숲에 굉음이 작렬하고, 한 남자의 얼음 조각이 완성됐다. 그리고──.

"⋯⋯좀 살살하라고!! 상대가 나라서 망정이지 다른 사람이었다면 죽었을 거야."

서둘러 옷을 입은 레파가 가까스로 얼음덩어리에서 탈출한 아그니스를 노려보았다.

"아아, 역시 내가 잘못 생각했어. 넌 단순한 변태야."

"바, 바보! 착각하지 마. 딱히 엿보러 온 게 아니라고. 애당초 어두워서 자세히 보기도 어려워."

"대체 뭘 자세히 보는 건데!!"

분명히 주위는 어둡고, 처음에는 등을 보였고, 가슴은 가렸고, 그 아래는 물에 잠겨 있었으니까 똑똑히 보이지는 않았겠지만.

"그, 그럼 어째서?"

"아니, 밤중에 나가서 늦게까지 안 돌아오길래."

"어……, 신경 쓰였어?"

"그, 그럴 리가 있나! 전에 메이드가 의외로 방향치라고 했던 말이 떠올랐어. 여기는 미로라고 할 정도니, 미아가 되면 귀찮다고 생각했을 뿐이야."

"그렇다면…… 역시 신경 쓰였어?"

"아, 아니라니까. 자, 돌아가자."

"아, 잠깐 기다려."

레파는 그 뒤를 따랐지만 황급히 입은 옷 틈새에서 주먹 씌우개가 툭 떨어지고 말았다.

"앗!"

"응?"

두 사람이 그것을 주우려고 손을 뻗었고── 우연히도 손가락이 얽혔다.

""……!""

저도 모르게 얼굴을 마주 보는 두 사람.

──아직 난 너희들이 사랑을 쟁취하는 걸 포기하지 않았

어. 마지막 밤이 남아 있잖아.

　연애 강사가 한 말이 둘의 뇌리에 되살아났다.

　어두운 숲에는 벌레 소리만이 조용히 울려 퍼졌다.

제4상 서바이벌 니이드

연애 서머 캠프 마지막 밤.

어둠이 자욱이 낀 밤의 물가 앞에서, '플레임 로드'와 '블리자드 로즈' 두 사람은 말없이 서로 바라보았다.

그들의 시선이 천천히 얽힌 서로의 손으로 향했다.

——헉!

"꺅!"

"으억!"

마침내 사태를 인식한 두 사람은 반사적으로 손을 놓고서 거리를 벌렸다.

"아, 아니야. 난 떨어진 주먹 씌우개를 주우려고 했을 뿐이라고."

"아, 아니, 나도 어디까지나 그걸 주우려고 했을 뿐이야."

아그니스는 상황을 수습하고자 지면에 떨어진 주먹 씌우개를 주웠지만, 그것을 빤히 쳐다보더니 살짝 감탄한 기색으로 입을 열었다.

"흐음……, 꽤 애용했구나."

"그, 그야 그렇지. 따, 딱히 네게 받은 물건이라서가 아니라, 내가 더욱더 높은 경지를 목표로 할 뿐이라고."

아아, 정말. 왜 금세 이렇게 말해버리는 것일까.

레파는 마음속으로 반성했지만, 아그니스는 오히려 기쁜 듯이 대답했다.

"좋은 마음가짐이야. 기왕이면 펀치의 기초를 의식하면서 팔을 휘두르는 게 좋아."

"펀치의 기초?"

"그래, 잠깐 손을 내밀어봐."

"이렇게?"

아그니스는 앞으로 내민 레파의 오른손을 잡았다.

"잘 들어, 펀치라는 건 타점의 위치가 중요한데, 팔을 다 뻗은 순간에……."

"흠흠……."

──헉!

그 상황에서 두 사람은 깨달았다. 다시 둘의 손과 손이 밀착했다는 사실을.

"으어어억!"

"흐아아악!"

황급히 손을 놓고서 뒤쪽으로 물러섰다.

"그, 그런고로, 힘이 최대가 되는 포인트에서 맞추는 게 기본인데──."

"으, 으으으 그, 그래, 그래──."

두 사람은 고개를 돌리면서 몇 번이고 고개를 끄덕였다.

뺨이 뜨겁다.

가슴의 고동이 시끄러울 만큼 울려서 상대에게 들릴까 걱정된다.

"어, 어, 어쨌든 슬슬 캠프장으로 돌아갈까?"

"그, 그, 그래."

그때, 발을 떼던 레파는 휘청거리며 균형을 잃었다.

동요한 나머지 발밑의 풀에 걸리고 만 것이었다.

"아앗!"

"이봐!"

비틀거리던 레파가 아그니스 쪽으로 쓰러졌고, 아그니스는 엉겁결에 그 몸을 지탱했다.

아그니스의 손이 생각보다 부드러운 감촉을 붙잡았고, 레파의 몸이 상상했던 것보다 듬직한 체격을 몸으로 느꼈다.

서로의 숨결이 닿을 만큼 얼굴이 가까이 맞닿았다.

──하아아앗!

"흐아아아악!"

"으어어어억!"

아그니스는 뒤쪽으로 3회전 공중 돌기를 했고, 레파는 전속력으로 그 자리를 벗어났다.

하아, 하아, 하아, 하아, 하아.

잔뜩 거리를 벌리며 마주한 두 사람은 가슴에 손을 대고서 어깨를 크게 들썩였다.

그리고 이윽고 호흡이 가라앉자──.

"홋."

"풋."

두 사람은 저도 모르게 웃음을 터뜨리며 한바탕 웃었다.

"나 원 참, 뭘 하는 건지."

"그러게. 바보 같아."

둘은 다시 천천히 거리를 좁혔다.

사박사박 잡초를 밟는 소리가 온화하게 울렸다.

"조용하네……."

"응, 정말로──."

속삭이는 것만 같은 벌레 소리. 물고기가 이따금 첨벙 소리를 내며 수면을 흔든다.

여름밤의 공기가 살결에 촉촉이 들러붙는다.

울창한 나무들은 좌우 시야를 가로막았고, 위를 올려다보니 나뭇가지 틈새에서 총총한 별로 가득한 하늘이 보였다.

닫힌 시야와 닫힌 세상.

마치 이 세상에 단 둘뿐인 것만 같다.

──…….

그렇다. 지금 여기에는 단둘뿐.

국가 수뇌부의 감시도, 지모로 지탱해주는 브레인도 없다. 지금 이곳에서 두 사람은 국가라는 무거운 짐을 짊어진 적대 국가의 최고전력 사이가 아니라, 평범한 남자와 여자이다.

조금씩 가까워지는 두 사람의 시선이 교차했다.

서머 캠프 마지막 날.

마지막 기회.

이때를 놓치면, 또 국가를 대표하는 자격으로 상대해야만 한다.

책략이 아니라, 형식이 아니라, 진실한 마음을 전할 마지막 기회.

얼굴이 뜨겁다.

목이 칼칼하다. 날뛰는 심장이 가슴을 터뜨리며 튀어나올 것만 같다.

강사 엘리자베스의 말이 다시 귓가에 되살아났다.

——연애란 결국 진심으로 상대에게 부딪칠 수밖에 없어.

무섭다.

연애에는 전혀 자신이 없다.

전장에서 어떤 적과 싸웠을 때도 이만한 공포를 느낀 적이 없었다.

하지만——.

지금.

지금이라면.

지금 이 순간이라면——.

한 걸음 떨어진 거리까지 다가간 두 사람은 똑바로 마주 보았다.

"".......""

표면상의 침묵과는 반대로, 심장은 시끄러울 만큼 뛴다.

긴장이 손끝과 발끝까지 온몸을 돌아서, 아마도 얼굴이 새빨개졌을 것이다. 그 모습이 어둠에 가려진다면 좋겠는데.

어지럽게 그런 생각을 하면서, 두 사람은 마침내 결심하고서 입을 열려 했다.

그렇지만——.

"......응?"

그때 남자의 눈빛이 느닷없이 바뀌었다.

그는 엄격한 표정으로 귀를 기울이더니 갑자기 레파의 손을 잡았다.

"어, 어엇?! 자, 잠깐만. 가, 가가가갑자기 맨살부터 만지다니……!"

하지만 아그니스는 그대로 레파의 손을 끌고서 숲을 달려 나갔다.

"서둘러서 캠핑지에 돌아가자."

"자, 자자, 잠깐, 왜 그래?"

레파가 곤혹스러워하며 묻자, '플레임 로드'는 심각한 표정으로 뒤를 돌아보았다.

"비명이 들렸어."

＊ ＊ ＊

"이건——."

캠핑지로 돌아온 두 사람은 눈을 크게 떴다.

아비규환. 학생들의 비명이 숲 안에 울려 퍼진다. 누군가의 모닥불이 옮겨 붙인 것인지, 잡초와 나무들이 벌겋게 물들었다. 그리고 불꽃과 연기가 소용돌이쳐서 혼란스러운 현장에는 수많은 칠흑의 짐승들이 사납게 기어 다녔다.

커다란 도마뱀 같은 외견에, 날카로운 발톱을 갖추고, 보라색 점액을 흘리는 입가에 일그러진 송곳니가 드문드문 늘어졌다.

그 모습은——.

"마수?"

"어째서 이런 곳에?!"

이곳 리피르는 마경 이솜니아에서 충분히 먼 곳이다. 물론 마경과 멀리 떨어진 지역에서도 때때로 낙오된 마수가 나타날 때는 있지만, 이만큼 많은 마수가 동시에 출현하리라고는 생각하기 어렵다.

낮에 두 사람이 세웠던 집은 아직 불이 옮겨붙지 않은 데다 다행히 마수도 습격하지 않았다. 집 안으로 들어가자 수많은 학생이 대피해 겁먹은 기색으로 몸을 딱 붙이고 모여 있었다.

입구 부근에는 카이가 흐느적거리며 서 있었다.

"여어, 애시랑 레이파. 너희도 무사했구나."

"대체 무슨 일이 있었지, 카이?"

"자고 있었는데 갑자기 비명이 들렸고, 그 뒤엔 이 꼬락서니야. 어쨌거나 이 건물에 몸을 숨겨서 어떻게든 버티고 있지만."

"둘 다 괜찮니?!"

건물 안쪽에서 근육질 강사가 새파래진 안색으로 구르다시피 달려왔다.

엘리자베스는 두 사람의 손을 잡았다.

"빨리 안으로 들어와! 사나운 짐승이 갑자기 캠핑지를 습격했어!"

불길은 더욱더 커지고, 간헐적인 비명과 신음이 한층 더 크게 울려 퍼졌다. 캠핑지는 이미 혼돈의 도가니로 변했다.

전원의 얼굴이 공포로 물드는 와중에, 아그니스가 차분한 기색으로 말했다.

"아아, 마수 말인가."

"마수……?!"

실내가 술렁였다.

일반인 중 대다수는 마수를 마주친 적이 없지만, 이 대륙에 사는 자라면 그 이름은 공포의 대상으로서 몸에 새겨져 있다. 스폿이라고 불리는 마경에 서식하는, 결코 다가가서

는 안 된다고 여념 필부티 ㅎ고를 들은 아까이 집수

위험도에 따라서 1부터 10까지 랭크를 설정하는데, 2를 넘어선 시점에서 일반인으로서는 대응하기 어렵고, 5가 되면 집락이 하나 사라진다고들 하고, 7까지 이르면 국가가 총군을 동원해야 한다고 하는 위협적인 존재다.

——마수? 뭐, 뭐야? 무슨 일이 일어난 거지? 어째서 이렇게 된 거냐고!

연애 강사 엘리자베스는 혼란의 극치에 놓였다. 이런 일은 자기가 그리던 픽션에서조차 상상할 수 없는 사태였다.

"어, 어쩌지, 어, 어쩌면……!"

"과연. 그렇게 된 건가, 선생님."

그러자 아그니스가 갑자기 이해된다는 표정으로 고개를 끄덕였다.

"어, 무슨 소린데?"

엘리자베스가 멍하니 대답하자, 변장용 안경을 쓴 레파가 의아하게 물었다.

"나도 묻고 싶은데 그게 무슨 소리야?"

"모르겠나? 나는 확 와닿았는데."

"윽!"

레파가 뺨을 부풀렸다.

아그니스는 의기양양한 표정으로, 나는 다 안다는 시선으로 엘리자베스를 보았다.

"잘 들어. 떠올려 봐. 선생님이 숲 서바이벌 전에 뭐라고 했는지."

"응? 뭐라고 했었더라……?"

엘리자베스가 고개를 갸웃거리자, 레파는 불현듯 얼굴을 활짝 펴며 손뼉을 쳤다.

"알았어! 그런가, 그렇게 된 거구나. 과연 선생님이셔!"

"어, 저기……?"

"답은 '흔들다리 효과'구나."

레파가 씨익 웃자, 아그니스도 마찬가지로 느긋하게 웃었다.

"훗, 그 말이 맞아. 선생님이 이 서바이벌은 '흔들다리 효과'의 실전 편이라고 했어. 대체 언제쯤 되면 스릴 있는 이벤트가 일어날까 했는데, 전원이 방심한 마지막 날 밤에 끼워 넣다니 대단해."

"역시 선생님은 대단하셔. 이게 선생님이 부여하고 싶었던 시련이군요."

"어쩌지?! 이 두 사람, 터무니없는 착각을 하고 있어?!"

엘리자베스는 저도 모르게 절규했다.

더군다나 어째서 이 극한 상황 속에서, 그렇게나 칭찬해 달라는 듯이 눈을 반짝반짝 빛내는 것일까?

혼란에 빠진 엘리자베스는 어떻게든 두 사람의 오해를 정정하려고 시도했다.

"아니, 있잖아, 둘 다 내 말 좀 들어봐. 내가 그런 일을 어떻게 할 수 있겠어?"

"이거 참, 선생님이나 되는 사람이 겸손을."

"맞아, 선생님은 대단하니까."

"전혀 이해 못 해?! 일개 연애 소설 작가가 어떻게 마수 같은 걸 부르는데?"

"선생님이라면 특기인 연애 스킬을 이용해 소환할 수 있을 거야."

"맞아, 파바밧 하고."

"놀랄 만큼 말이 안 통해애애!"

"크크크, 마지막 시련인가. 바라는 바다."

"후후후, 좀이 쑤시네."

아그니스는 우득우득 손가락을 울렸고, 레파는 빙글빙글 목을 돌렸다.

이 '흔들다리 효과' 이벤트를 함께 극복하면 인연이 더욱 더 깊어지리라.

"이, 있잖아, 그러니까, 둘 다——."

엘리자베스의 어깨에 카이가 손을 툭 얹었다.

카이는 체념한 표정으로 흔들흔들 목을 내저었다.

"잘 모르겠지만…… 이미 설득해봤자 헛수고라는 느낌이 드니까, 오히려 섣불리 정정하지 않는 편이 좋을 거 같아."

"카이……, 하지만!"

동요하는 엘리자베스를 아랑곳하지 않고, 아그니스가 어느샌가 칠흑의 검을 한 손에 들고서 천천히 건물 밖으로 나갔다.

"어쨌거나 눈에 띄는 마수를 처리해둘까."

아그니스를 알아챈 마수들이 울음소리를 내면서 다가왔다.

초조해진 엘리자베스가 뒤에서 아그니스를 말리려고 했다.

"애시. 아무리 생각해도 위험해! 이 흉포해 보이는 짐승을 혼자 맞설 수 있을 리가 없어! 다 함께 오두막에서 농성해서——."

"으랍."

구웅.

강렬한 열풍이 불어 올랐다. 불길한 색조를 띤 불꽃이 대기를 휘감아 폭발적인 속도로 회전했다. 그것은 격렬한 불꽃의 창으로 변해 나무들을 쓸어넘기면서 직진했고—— 몇 겹이나 갈라진 창끝이 마수들을 정확히 꿰뚫었다.

대기가 떨리고 마수는 가느다란 단말마와 함께 먼지가 되어 어둠 속으로 사라졌다.

"……어?"

소매를 걷어붙인 레파가 눈이 점으로 변한 엘리자베스의 옆에 섰다.

"이래서야 화재가 훨씬 더 심해지잖아. 마무리가 허술하네."

"어차피 네가 끌 테니까 별문제 없잖아."

"어쩔 수 없네. 뒤처리는 해줄 테니까 감사하라고."

레파가 탄식하며 한 걸음 앞으로 나아가자, 연애 강사는 황급히 이를 제지했다.

"레이파. 냉정해져! 물가까지 거리가 꽤 먼데, 어떻게 이만한 불을 끈다는 거니?! 다 함께 양동이 릴레이를 해서——."

"에잇."

촤악.

레파가 오른손을 휘두르자 주변 일대에 눈부신 백은이 번쩍였고, 얼어붙은 서리가 주위를 가득 메웠다. 타오르는 화염은 연기를 남기며 사라졌고, 붉은 시야가 단숨에 뒤바뀌어 새하얗게 물들었다.

"어……?"

엘리자베스가 얼떨떨해하는 사이, 두 사람은 담담하게 대책을 세웠다.

"당장 눈앞의 위협은 사라졌지만, 근처에 있는 마수까지 전부 두들겨 패놓지 않으면 거리에 피해가 미칠 우려가 있겠군. 갈까."

"선생님, 여기를 부탁드려요. 건물 외벽에 대마수용 접촉

발동형 마법진을 설치해 둘 테니까, 절대 밖으로 나가지 마세요."

"하……하하."

엘리자베스는 인간이 정말로 놀랐을 때는 웃음밖에 안 나온다는 사실을 깨달았다.

그들의 프로필에는 독서를 좋아하는 여자와 신참 요리사라고 적혀 있었는데——.

"저기, 애시랑 레이파. 너흰 대체——."

두 사람은 흘끗 시선을 마주하고 목소리를 포개며 말했다.

"'최강'——의 일반인이야.'"

"……으."

엘리자베스는 눈동자를 크게 부릅뜬 뒤 깊게 탄식했다.

그리고 체념한 듯이 팔짱을 꼈다.

"아, 알았어. 아니, 아직도 잘 모르겠지만…… 알았다고 칠게. 마지막 시련은 둘에게 맡길 테니까, 멋지게 수행하고 오렴. 하지만 조심해야 한다!"

뒤를 돌아본 두 사람의 입꼬리가 어째서인지 살짝 올라간 것처럼 보였다.

"맡겨주세요. 우린 연애로는 낙제점을 받을지도 모르겠지만——."

"이런 건 특기 분야야."

카이가 그런 '최강'의 등에 말을 걸었다.

"잠깐. 나도 갈래."

"카이, 넌 여기에서——."

"로리에가 없어."

음유시인의 말을 듣고, 두 사람은 얼굴을 마주 보았다. 확실히 오두막에서 떨고 있는 학생 중에 금발 트윈 테일 소녀의 모습은 없었다. 분명 위층에 있는 줄 알았는데.

안색이 새파랗게 변한 엘리자베스가 입을 열었다.

"호, 혹시나, 도망치려다 숲에서 길을 잃어버린 게 아닐지……."

초조함이 일동의 가슴을 채웠다.

"알았어. 로리에도 찾아올게. 그러니까 카이는 여기에——."

아그니스가 그렇게 말하자, 카이는 절레절레 고개를 내저었다.

"우리는 한 팀이잖아? 너희만 보낼 수는 없어."

"하지만."

"안 되면 혼자서라도 갈 생각이야. 게다가 음유시인이 곁에 없으면 누가 너희의 모험을 노래하겠어?"

카이가 의외로 또렷한 말투로 태연하게 말하자, '최강' 두 사람은 잠시 입을 다문 뒤 천천히 고개를 끄덕였다.

"……알았어. 하지만 절대로 우리에게서 떨어지지 마."

"후후, 물론이지."

세 사람은 모두의 성원을 받으며 숲으로 사라졌다.

"가아아악!"

"고아아아악!"

칠흑의 숲에 마수들이 지르는 최후의 포효가 울려 퍼졌다.

습격해오는 검은 짐승을 차례차례 장사지낸 아그니스는 애검 제무스의 칼끝을 아래로 휭 내렸다.

제무스는 목에 건 펜던트를 쥠으로써 불러내는 마검인데, 레스터가의 남자는 각각 이런 마도구를 물려받는다.

"한 마리 한 마리는 피라미지만 끝이 없군."

"이렇게나 차례차례 솟아나면 역시나 성가시네. 대체 선생님은 어떻게 마수를 이런 곳에 불러들였을까?"

"모르겠군. 선생님이니까 무언가 심오한 장치가 있을지도 몰라."

"과연 천재 연애 소설가야."

"아직도 그 소리를 하는 거야……?"

옅은 웃음을 띤 카이는 미묘한 얼굴로 고개를 끄덕이는 두 사람을 향해 말했다.

"너희는 강하구나. 놀랐어."

"그렇지."

"그 정도이긴 해."

"그 부분에선 전혀 겸손하지 않구나."

나난 니무 느긋히게 글 수는 없다. 빨리 마수를 처지하지 않으면 근처 마을까지 피해가 미치게 될 것이다. 그리고 오두막에 걸어둔 마수용 덫이 언제까지 학생들을 지켜줄지도 미지수다.

게다가——.

우연히 눈을 마주친 두 사람은 황급히 시선을 피했다.

아까 전 고백은 마지막 한 걸음을 내디디지 못하고 결국 미수로 끝나 버렸다. 하지만 이 시련을 극복하면 '흔들다리 효과'가 등을 잘 떠밀어 줄 것 같은 기분이 든다.

——그래, 이 이벤트만 완수하면.

두 사람은 조용히 투지를 불태웠다.

"그럼 어떻게 할 거야?"

"우리 목적은 마수 섬멸과 로리에 탐색이지. 마수를 처리하다가 로리에를 찾을 수 있으면 좋겠는데⋯⋯."

카이의 물음을 듣고 아그니스는 팔짱을 끼면서 대답했다.

"뭐, 가장 중요한 문제는 어디에서 마수가 솟아나는 건지 확인하는 거겠지. 마수란 건 보통 스폿에 있는 건데."

"그러게. 마수는 스폿에 떠도는 장기(瘴氣)에서 태어나, 장기를 주식으로 삼는 존재인데⋯⋯. 대체 어떻게 된 거지?"

그때, 허리에 손을 댄 채 골똘히 생각에 잠겼던 레파가 불현듯 고개를 들었다.

"⋯⋯어?"

레파가 곤란한 표정으로 빤히 허공을 쳐다보자, 아그니스와 카이가 이상하다는 양 그녀를 바라보았다.

"왜 그래?"

"무슨 일 있어, 레이파?"

"……거짓말, 어째서……?"

레파의 푸른 눈동자가 흔들렸다.

이윽고 잽싸게 그 자리를 뛰쳐나갔다.

"이봐, 왜 그래?"

그 뒤를 따르는 아그니스가 묻자, 레파는 고개를 앞으로 고정한 채 빠르게 대답했다.

"갑작스러운 마수 발생. 분명 마경 이솜니아에서 무언가의 방법을 통해 찾아왔을 거라 생각했는데."

"그게 아니야?"

"지금 희미하게 느껴졌어. 이 숲에 떠도는 마나에."

"느꼈어? 뭘 말이야?"

레파는 발을 움직이면서 심각한 표정으로 아그니스를 돌아보았다.

"장기를."

"……."

아그니스는 뒤따라오는 카이를 한 번 돌아보고 다시 앞으로 고개를 돌렸다.

"잠깐 기다려. 장기는 스폿에만 있잖아. 그럼——."

서기까지 밀하고 아그니스는 붉은 눈을 크게 떴다.

"설마……."

"그래. 어쩌면—— 스포타이제이션(장역화)일지도 몰라."

레파가 떨리는 목소리로 말했다.

——스포타이제이션.

마경 이솜니아를 비롯해 대륙에 점재하는 스폿은 처음부터 장기가 떠도는 위험 지대였던 것은 아니다. 대기 중의 마나가 시간을 거쳐서 조금씩 장기로 변하고, 그게 일정 규모에 달하면 마수가 태어나 만연하게 된다. 그렇게 사람들에게 스폿이라고 인정받게 되는 것이다.

그것을 스포타이제이션라고 한다.

"스포타이제이션? 이야기로 들어본 적은 있지만 정말로 그런 일이?"

"마나에 섞인 장기가 점점 진해지고 있어. 틀림없어. 미로의 숲이 스폿으로 변하는 중이야."

레파의 말에 섞인 심각함이 늘어났다.

"그러니까, 그건 곤란하다는 뜻이야?"

카이가 느긋한 목소리로 말하자, 레파는 무척 진지한 표정으로 대답했다.

"터무니없이 곤란해. 연애 소설가는 이런 것까지 가능해?!"

"어, 레이파. 아직도 그런 소리를 하는 거야?"

"아니, 역시나 무리겠지…… 그건 우리 착각이고, 선생님은 관계가 없었군."

마경 이솜니아도 '동국전쟁'이 시작되기 전에는 자연이 풍부한 대평원이었다고 한다. 그것이 스포타이제이션에 의해 황무지로 변해버렸다.

일동은 숲을 달리면서 빠르게 대화를 나누었다.

"어쨌거나 서두르자. 지금 막 스포타이제이션이 시작된 거라면, 아직 늦지 않았을지도 몰라."

"무슨 뜻이야?"

레파는 앞을 향해 쏜살같이 달리며 아그니스의 물음에 대답했다.

"스폿이 대체 어째서 생기는가. 다양한 연구가 이루어지고 있지만, 우선 그곳에 떠도는 마나가 조금씩 장기로 변질되는 것부터 시작돼. 그게 임계점에 달하면 폭발적으로 장기가 확대 되어서 스폿으로 변하지. 이걸 임계돌파라고 해."

"그러고 보니 스폿에 대해서는 메이가 이것저것 조사해서 나도 들은 적이 있어."

"장기의 농도가 일정치를 넘으면 마수가 생겨난다는 모양이지만, 그중에서도 처음 생겨난 마수를 원초의 마수라고 불러. 그런데 임계돌파에는 이 원초의 마수가 중요한가 봐. 자세한 메커니즘은 모르겠지만, 그곳에 깃든 장기와 원초의 마수가 상호 작용해서 임계돌파가 시작된다고들 해."

"과연. 즉, 그 힘세들피린 게 시긱되기 전에 인초이 마수란 걸 쓰러뜨리면 확대를 막을 수 있다는 뜻인가."

"그래, 이른바 원초의 마수는 임계돌파—— 스포타이제이션의 촉매 역할이야. 그러니까—— 흐아, 악!"

아그니스가 레파를 갑자기 들어 올려서 등에 업었다.

"뭐, 뭐뭐뭘——."

"한시가 급하잖아? 이 중에서는 내가 가장 빨라. 원초의 마수가 어디 있는지 알겠어?"

"아, 어, 으응. 장기가 진한 방향으로 계속 나아가다 보면 만날 수 있을 거야."

"좋아, 안내해줘. 전속력으로 간다!"

아그니스의 목소리는 어디까지나 진지했지만, 레파의 뺨은 붉어지기만 했다.

설마 갑자기 업을 줄은 몰랐다.

이 남자는 대체 어떤 생각으로 이런 기습을…….

하지만…… 의외로 나쁘지 않을지도 모른다.

시선도 평소보다 높다. '플레임 로드'는 이 높이에서 세상을 본다는 사실을 알 수 있었다.

이 친밀감. 그리고 이 특별함.

"좋아, 카이도 내 등에 올라타."

"아, 그건 특별하지 않구나. ……어? 그나저나 난 두 사람 사이에 끼는 거야?!"

"응?"

"아, 아무것도 아니야!"

레파가 황급히 말하자 뒤에서 달리던 카이는 고개를 절레 절레 내저었다.

"으음……, 어째서인지 레이파의 눈빛이 무서우니까 사 양하겠어. 방향이 어느 쪽인지만 가르쳐주면 뒤따라갈게."

"저쪽이야. 저 앞이 장기가 가장 진해."

레파가 진행 방향을 손가락으로 가리키자, 아그니스가 한 단계 더 가속도를 높였다.

"좋아, 가는 길의 마수는 전부 섬멸해 놓을 테니까 카이는 천천히 따라와."

"후후후, 그렇게 할게."

아그니스가 발가락에 힘을 꾸욱 실었다.

'플레임 로드'는 날아가듯이 숲을 달렸고, 무시무시한 속 도로 빽빽한 나무 사이를 나아갔다.

앞으로 나아갈수록 앞을 가로막는 마수의 수는 늘어났 다. 랭크로 따지자면 고작해야 1이나 2쯤 되는 잔챙이뿐이 었다.

"방해돼."

아그니스는 속도를 전혀 줄이지 않은 채 무리를 빠져나갔 고, 그 뒤에는 검은 먼지만이 남았다.

그리고——.

"이 근처야."

아그니스는 등에 매달린 레파의 말을 듣고 멈춰섰다.

"……이건, 집인가?"

그곳에는 썩어 문드러진 폐가가 있었다. 목조 2층 건물이었는데 방치된 후로 시간이 오래 지났는지, 유리창은 전부 깨졌고 이끼 낀 벽에는 덩굴이 몇 겹이나 뻗어 있었다.

"어째서 이런 곳에 집이 있지?"

"글쎄……, 이전에 누가 살았던 걸까?"

아그니스는 등에 업힌 레파를 흘낏 돌아보았다.

"그나저나…… 슬슬 내려와도 괜찮아."

그 말을 듣고 뺨이 화악 달아오른 레파는 황급히 뛰어내렸다.

"아, 알고 있어. 나도 알고 있는걸!"

"왜 화내고 그래?"

"화, 화, 화내긴!"

미묘하게 거리를 벌린 두 사람은 목적지인 폐가를 바라보았다.

"쓸데없이 조용하군."

마수의 모습도 없었고, 어쩐지 대기는 서늘하게 느껴졌다.

"그러게……. 하지만 이 근처의 장기가 가장 짙은 건 확실해."

"장기란 마나의 성질이 변한 거지? 애당초 어째서 마나가

장기로 변하는 거야?"

"으음, 그에 대해서도 다양한 연구를 하고 있긴 한데, 최근에 그 장소에 깃든 감정이 영향을 미친다는 학설이 나왔어."

"감정?"

"응, 그것도 원한 같은 부정적인 감정. 오랜 시간에 거쳐서 그 자리에 정체된 사람들의 부정적인 감정이 마나에 간섭해서 성질을 바꾼다는 학설이 있거든. 마경 이솜니아도 '동국전쟁' 이전에는 스폿이 아니었다는 건 알지? 거기는 전쟁 초기의 격전지였어. 전장에서 스러져간 병사들의 켜켜이 쌓인 원념이 오랜 시간에 걸쳐서 그 자리에 있던 마나의 성질을 바꾸었다고 생각하는 학자도 있어. 뭐, 전장이 반드시 스폿으로 변하는 건 아니니 그렇게 간단하지는 않을 거 같지만, 정체된 악한 감정이 하나의 필요조건일 가능성이 커."

레파는 주위를 빙그르 둘러보았다.

"선생님이 여기는 미로의 숲이라고 말씀하셨지. 지금은 격리되었지만, 과거에 길을 잃은 수많은 여행자가 여기서 목숨을 잃었던 게 아닐까? 집에 돌아가고 싶다는 그들의 마음이 쌓이고 쌓여서, 이 숲의 폐가에 모였을지도……."

"그렇다면 원초의 마수란 건 저 건물 안에 있는 건가?"

두 사람은 천천히 걸어 나아갔다.

그리고——.

"……응?"

"로리에!"

건물 입구로 돌아가려고 했더니, 곰 인형을 안은 금발 트윈 테일 소녀가 쓰러져 있었다. 몸은 힘없이 축 늘어져 있었고 눈꺼풀은 굳게 닫혀 있었다.

"로리에! 눈을 떠!"

레파가 로리에를 끌어안으며 이름을 불렀다. 로리에는 마수에게서 도망치는 도중에 이곳을 발견해 숨으려고 했을까? 하지만 다다르기 전에 마수에게 습격당해서——.

레파의 얼굴에서 핏기가 싹 가셨다.

"로리에!"

"괜찮아. 외상은 없고, 정신을 잃었을 뿐이야."

옆에서 무릎을 꿇은 아그니스가 로리에의 이마에 손을 대며 말했다. 그러자 로리에가 어렴풋하게 눈을 떴다.

"……레이파, 애시……."

아직 의식이 멍한지 평소의 곰 벤자민용 목소리가 아닌, 투명한 소녀의 음색이었다. 로리에가 무사한 걸 확인한 레파는 안도의 숨을 크게 내쉬었다.

"다행이다……. 괜찮아? 저기, 무슨 일이 있었어?"

레파가 로리에를 안은 채 묻자, 로리에는 흐느적흐느적 팔을 들었다.

그 손가락 끝은 폐가 2층 창을 가리켰다.

"……."

아그니스가 고개를 들며 입을 다물었다.

"아아, 겨우 도착했다. 찾아냈구나."

때마침 그때, 숲에서 카이가 다가왔다. 아그니스는 평소처럼 산뜻한 표정을 짓는 자칭 음유시인을 향해서 빠르게 말했다.

"카이. 로리에를 데리고 되도록 멀리 도망쳐."

"왜 그래?"

레파가 범상치 않은 분위기를 풍기는 '플레임 로드'에게 묻자, 아그니스는 시선을 2층 창에 고정한 채 천천히 말했다.

"불길한 예감이 들어……."

밤의 숲.

썩어 문드러진 폐가.

깨진 창 안쪽에는 탁한 어둠이 있다.

어둠 속에서 누군가가 빤히 자신을 관찰하는 감각. 뼛속까지 추위가 스며드는 느낌이었다.

창틀로 도려내진 칠흑 속에서, 불현듯 핏발선 눈알이 번뜩 떠졌다.

"——!"

파지이익!

어둠이 흘러넘쳤다.

건물 여기저기에서 벽을 뚫고 새까만 촉수가 튀어나왔다.

"띨⬛지!"

아그니스의 신호를 받고 로리에를 안은 카이가 뒤쪽으로 달려갔다.

아그니스는 순식간에 제무스를 불러내 다가오는 촉수를 베어 넘긴 후 옆에 나란히 선 레파에게 눈짓했다.

동시에 2층 창틀에서 쿵 소리를 울리며 검은 덩어리가 떨어졌다.

그것은 둔탁한 소리를 내며 1층 지붕에서 튀어 올라 지면에 철퍽 소리를 내며 찌부러진 후, 천천히 허공을 움켜쥐듯이 일어났다. 크기는 꽤 작았다.

네 발 달린 모습이었는데, 머리라 짐작되는 곳에는 검은 그림자를 머금은 두 개의 눈동자가 크게 벌어져 있었다.

"이게, 원초의 마수……?"

뒷다리의 무릎을 꺾으며 지면을 비비듯이 아장아장 나아가는 모습은 마치 인간의 아기처럼 보이기도 했다. 다만, 몸여기저기에서 튀어나온 검은 촉수가 꿈틀거렸다.

"이 녀석은……."

"왜 그래, '플레임 로드'? 안색이 좀 나쁘잖아?"

"바보 같은 소리 하지 마. 이건 내 적수가 아니야."

랭크로 따지면 고작해야 2쯤이리라.

하지만 어째서인지 불길한 예감이 든다.

눈 한 켠에 칠흑의 촉수가 휘잉 움직이는 것을 포착한 아그니스는 반사적으로 오른손에 든 제무스를 내리쳤다. 업화가 생겨나 촉수와 함께 마수를 통째로 감쌌고, 그 존재를 깡그리 불태웠다.

그 뒤에는 불에 탄 흔적과 검은 파편만이 남았다.

"해치웠어?"

레파가 시선을 앞으로 고정한 채 물었다. 하지만——.

구우우우우우우웅.

검은 안개가 불에 탄 흔적 위에 모였다. 그것은 고밀도 장기였다. 칠흑의 대기는 소용돌이치면서 한데 모였고, 다시 같은 마수의 형태를 취했다.

"……재생형이라고?"

아그니스가 눈썹을 찌푸리자, 레파는 한숨을 후우 내쉬었다.

"공격이 약했던 거 아니야? 다음은 내가 할게. 잘 봐둬."

레파가 마수를 향해 손가락을 뻗자, 공중에 나타난 얼음창이 적의 몸을 팔방에서 꿰뚫었다.

얼어붙은 숨결이 순식간에 마수를 얼리고 그 몸을 산산이 부쉈다.

하지만——.

"또 재생하는 거야?"

다시 검은 안개가 모였고, 마수는 도로 전과 같은 모습을 취했다.

"미처 처리 못 한 거 같은데……?"

"아, 아니야. 살짝 빗맞았을 뿐이라고."

레파가 입술을 삐죽였다. 그러자 등 뒤 숲에서 상황을 지켜보던 카이가 말했다.

"저기, 어쩐지 공격할 때마다 커지는 것 같은 기분이 드는데."

"……"

두 사람은 다시 마수를 바라보았다.

듣고 보니 아까 전보다 살짝 커진 것 같은 기분이 들었다. 게다가 오랫동안 마수와 맞서왔던 감각으로 따지자면, 랭크 2 정도라고 여겨졌던 것이 지금은 랭크 3에 가까워졌다.

"재생뿐만이 아니야. 이 녀석, 성장하는 건가?"

"오오오오옷!"

마수가 작게 신음했다. 온몸에서 뻗어 나온 촉수가 채찍처럼 휘며 두 사람을 덮쳐왔다.

하지만 기껏해야 랭크 3. 그 촉수를 한순간에 베어낸 아그니스는 단숨에 적과의 거리를 좁혀 대상단에서 베어 넘겼다. 곧바로 레파가 빙결 마법을 퍼부었다. 창백하게 빛나는 얼음덩이가 격렬하게 마수에게 쏟아져 지면에 무수한 구멍을 뚫었다.

하지만 마수는 당연하다는 양 재생했다.

두 사람은 가볍게 숨을 내쉬었다.

적은 어린아이만 한 크기가 되었고, 피부로 느껴지는 랭크는 4에 가까워졌다.

"핵은 부쉈을 텐데."

"이 근처의 장기가 진해서 그런 걸지도 몰라."

흐트러뜨리고 떨쳐내도 금세 보충될 만큼 밀도 높은 장기.

그 등 뒤에 있는 것은 분명 터무니없이 큰, 밑바닥이 보이지 않는 부정적인 감정 덩어리다.

"쓰러뜨릴수록 강해지는 마수 맞아? 책략을 짜야겠네."

뒤쪽으로 대피했던 카이가 말하자, 두 사람은 의기양양하게 엄지를 세웠다.

"걱정하지 마. 책략이라면 있어."

"그래, 흔적도 없이 날려버리면 돼."

"그건 책략이 아닌 거 같은데……."

"오오오오오오옷!"

마수의 우렁찬 외침이 전보다 크게 고막을 흔들었다.

대기에 파동이 퍼지자 나무가 술렁이고, 새들이 일제히 날아올랐다. 수많은 촉수가 흙덩이를 말아 올리고, 나뭇가지를 거칠게 쳐내면서 덮쳐왔다. 하지만 아직 '최강'을 위협할 수준은 아니다. 두 사람은 적의 공격을 재빠르게 빠져나가 불꽃 공격과 빙결을 쏟아부었다.

숲이 붉게 물들고, 푸르게 빛났다.

격렬한 공격을 주고받아 대지가 흔들리고, 대기가 떨렸다.

하지만 적은 몇 번이고 재생을 반복했고, 그때마다 조금씩 거대해졌다.

자유자재로 움직이는 촉수는 하나하나가 커다란 검은 뱀 같아서 내지르는 공격은 육중하고, 강하고, 날카로워졌다. 일격으로 대지를 도려내자 나무들이 튀어 올랐다. 공격을 능숙하게 피하고, 막고, 흘려 넘겼지만, 두 사람에게는 점차 작은 상처와 피로가 쌓였다.

얼마나 시간이 흘렀을까?

이미 폐가는 사라졌고, 나무들로 가득했던 숲은 타버린 벌판으로 변했다.

그리고 어느샌가 마수는 올려다봐야 만큼 커다란 거구가 되어있었다.

여전히 네 다리로 질질 나아가는 모습은 마치 무언가를 찾아서 방황하는 순진무구한 아기 같았다.

멀찍이서 쳐다보는 텅 빈 눈동자는 대체 무엇을 비추고 있을까?

피부로 느껴지는 랭크는 이미 7에 달하려고 했다. 이미 한 국가가 총 전력을 동원해 상대해야 할 수준이다.

"저기…… 역시 도망치는 편이 좋지 않을까? 그보다 잘도 여기까지 애썼다고나 할까."

"바보 같은 소리 하지 마, 카이."

"맞아, 무슨 얼빠진 소리를 하는 거야?"

떨어진 나무 그늘에서 카이가 부르자, 두 사람은 앞을 바라본 채 단호하게 말했다.

카이가 이해했다는 듯이 작게 고개를 끄덕였다.

"아아, 그렇구나. 너무 시간을 들이면, 그러니까 그게 임계돌파랬던가? 그게 일어나서, 여기가 완전한 스폿이 되어버린다고 했던가? 여기에서 어떻게 해서든 막으려고 하는 건 강한 정의감 때문인 거야?"

"이 녀석은 내가 먼저 쓰러뜨리겠어."

"그렇게는 안 돼. 내가 먼저 쓰러뜨릴 거야."

"아, 단순한 경쟁이었구나."

아그니스가 공격을 걸고, 레파가 추가 공격을 했다.

마수의 팔이 날아가고, 거구가 절단되고, 머리가 튀어 올랐다. 그러나 검은 짐승은 고작 몇 초도 지나지 않아 이전보다도 거대한 모습으로 부활했다. 정신을 차리자 마수의 상공에 검은 대기가 소용돌이치고 있었다. 그리고 그 중심에 있는 칠흑의 구체는…… 풍선처럼 부풀어 올라 금방이라도 터질 것 같은 기색이었다.

"……———."

레파는 오랜만에 소름이 돋아 목울대를 꿀꺽 울렸다.

솔직히 말하자면 여태껏 연애 서머 캠프에 참가해 다 함께 떠들썩하게 지내다가, 갑작스럽게 나타난 마수와 맞서는 것에 현실감을 못 느꼈다.

하지만 지금은 뚜렷하게 확신했다.

이 적은 무서운 위협이고, 세계의 위기가 바로 눈앞에 있다는 사실을.

임계돌파는 원초의 마수와 그 자리의 장기가 상호작용해서 일어난다고들 한다.

문헌상으로는 과거에 그 순간을 목격한 자는 없었다. 하지만 레파는 확신했다.

저것이 터지면 이 숲은 스폿으로 변모하리라.

"──윽!"

"'플레임 로드'!"

허공에 뜬 구체에 한순간 정신이 팔렸는지, 아그니스가 바로 옆에서 강력한 촉수의 일격을 받았다.

'플레임 로드'는 큰 나무를 쓰러뜨리며 격렬하게 지면을 굴렀다.

"적의 랭크는 7을 넘었어. 방심은 금물이야. 너도 아직……."

레파는 가볍게 말을 던지면서 깨달았다.

틀림없이 금세 일어나서 욕지거리할 줄 알았는데, 아그니스가 일어설 기색은 없었다. 자세히 들여다보니, 몸은 축 늘어져 있었고, 입에서는 대량의 피를 흘리고, 눈은 굳게 감겨 있었다.

"'플레임 로드', 내 말 들려?"

레파가 다시 불렀지만 반응이 없었다.

등줄기에 서늘한 감각이 쓰윽 퍼졌다. 하지만 이쪽도 적의 공격을 막기에 벅차다. 도저히 '플레임 로드'의 상태를 확인할 수 없는 상황이다. 카이가 피난한 곳과는 상당히 떨어져 있어서, '플레임 로드'의 상태를 봐달라고 부탁하기도 어렵다.

1분이 지나고, 5분이 지나고, 그리고 10분 가까이 경과했다.

멀찍이서 확인한 '플레임 로드'의 몸은 여전히 꿈쩍도 하지 않았다.

──거짓말, 이지……?

적을 앞에 두고 처음으로 레파의 감정이 크게 흔들렸다.

설마──.

이걸로…… 끝이야?

분명 아까 그 일격은 일반인이라면 즉사할 수준이었다. 아니, 단련된 군대도 단 한 방에 쓸어버릴 수 있는 공격이었다. 랭크 7의 마수란 그 정도로 무섭고 강하다.

그래도, 그 녀석이라면 아무렇지 않은 표정으로 일어날 줄 알았다.

그렇게 생각했는데.

자신은 안다.

전장에서는 이런 풍경이 당연하다. 아침까지 싱글거리며 웃던 사람이 밤을 맞이하지 못한 채 말 못 하는 시체로 바뀌는 것은 일상다반사다.

자신은 그게 싫어서 전장에서는 되도록 홀로 행동하려 했다.

그 정도로 눈 깜짝할 사이에, 아무런 전조도 없이, 사신은 무자비하게 낫을 휘두른다.

자신은 그것을 잘 아는데.

"장난하지 말고, 어서 일어나!"

굳은 표정으로 소리를 질렀지만, 여전히 대답은 없었다.

목이 꽉 막힌 것처럼 쓰라리고, 시야가 흐릿해졌다.

전장에서는 흔한 광경이다.

하지만——,

하지만——.

자신은 아직 아무 말도 하지 않았다.

그 사람은 절망한 나를 지켜주었는데.

그 사람은 약해진 나에게 손을 내밀어주었는데.

그 사람과의 약속이 나를 강하게 만들어줬는데.

그리고 그 사람은 명확히 내게 호의를 표현했는데——.

하지만 연애에 자신이 없다는 핑계를 대며 정면에서 마주하기를 계속 미뤄왔다.

어머니가 어느 날 폭발한 것처럼, 이별은 갑자기 찾아온

다는 사실을 알았으면서.

아직 아무 말도 하지 못 했다.

아직 아무것도 전할 수 없었다.

그때의 감사 인사도.

그리고, 내 마음도——.

"으, 아아아……."

"레이파!"

레파는 카이의 외침을 듣고 겨우 깨달았다.

바로 코앞에 거목 같은 촉수가 밀려들었다는 사실을.

사신의 검은 낫이, 지금 그야말로 자신을 내려치려고 한다는 사실을.

——죽음.

압도적인 폭력을 두르며, 그 순간이 찾아온다. 하지만

——.

구우우우웅!

옆에서 두꺼운 불꽃의 해일이 마수를 집어삼켰다.

작열의 폭포는 검은 짐승의 포효마저 지우고, 밀려든 촉수를 통째로 재와 먼지로 바꾸었다.

"어……."

레파가 감을 뻔한 눈동자를 다시 부릅떴다.

대지가 붉게 타오른다. 사람의 그림자가 피어오르는 화염 속에서 천천히 다가왔다.

"도무지 힘이 안 난다 싶었는데, 원인이 뭔지 겨우 알았어."

그 인물은 고개를 돌려 우두둑우두둑 소리를 내면서 말했다.

칠흑의 머리카락에 진홍색 눈동자. 목에는 낡은 펜던트를 걸었다.

──살아 있어……!

그 남자는 분명히 살아 있었다.

가슴에 뜨거운 무언가가 치밀어오르자, 레파는 저도 모르게 그의 곁으로 달려갔다.

"플레임──'!"

"잘 생각해보니, 난 요 2주일 동안 전혀 잠을 안 잤어."

"…………어?"

레파는 뜬금없는 말을 듣고 멈춰 서서 입을 떠억 벌렸다.

아그니스는 흐아암 하품을 하면서 느긋한 말투로 말하며 다가왔다.

"공부를 열심히 해서 계속 밤을 새웠다는 걸 깜빡했어. 10분쯤 눈을 붙였더니 이제야 좀 개운하네. ……그런데, 왜 주먹 씌우개를 천천히 손가락에 끼우는 거야?"

"천벌! 천벌! 천버어어어얼!"

"아야, 왜, 왜 때려?! 아파, 의외로 허릿심이 들어간 좋은 펀치…… 그나저나, 왜 우는 거야?!"

"뭐어?! 우, 울기는 누가! 눈에 먼지가 들어갔을 뿐이라고!"

레파가 눈가를 쓱쓱 닦았다.

멀찍이서 현장을 지켜보던 카이가 냉정하게 한마디 했다.

"저기, 부부 만담 도중에 미안하지만, 또 마수가 부활할 거 같은데……."

"누, 누가 부부냐?!"

"아, 아아, 아직 우린 그런——."

"그건 제대로 쑥스러워하는구나."

실제로 카이의 말대로 밀집한 장기는 다시 마수의 몸을 되돌렸다.

적은 이미 올려다 봐야 만큼 커다란 거수로 변했다.

시야에 들어가기만 해도 짓눌릴 것 같은 강대한 압력. 일반인이라면 똑바로 서 있기조차 어려우리라. 랭크는 이미 8을 넘어서려고 했다. 역대 최악의 재앙이라 일컬어지는 쌍두룡 보라미스를 넘어설지도 모르는 전투력.

갓 태어나서 이 세상에 적응하지 못했는지, 동작이 굼뜨다는 사실만이 유일한 구원이었다. 하지만 이 마수가 각성해서 진심으로 날뛰기 시작하면 파멸이 다가오리라.

머리 위에 모인 장기 덩어리는 금방이라도 터질 것처럼 팽팽하게 부푼 상태.

만약 임계돌파가 일어나면, 얼마나 큰 규모의 스폿이 발

생활지 싱싱로 가시 않는다.

이미 재해를 뛰어넘어서, 신의 철퇴라고 할만한 수준이다.

"어째서 이 숲에 이런 위험한 놈이 태어난 걸까?"

"길을 잃은 사람들의 원념이 그만큼 오랫동안 쌓이고 쌓였던 거겠지."

랭크 8을 뛰어넘는 마수의 출현. 국가 원수가 이 소식을 들으면 아마도 국민을 내버려 두고 황급히 도망칠 정도의 흉보다.

그러나 '최강' 두 사람에게 두려움이나 주눅은 없었다.

"기운이 좀 나기는 하지만, 역시 10분 잔 거로는 부족한가. 어쩔 수 없지. 손을 빌려줄게."

"왜 네가 잘난 척하는 거야? 어쩔 수 없지. 나도 일주일 동안 잠을 안 잤고, 혼자서 처리하는 건 성가시니까 아주 조금 협력해줄게."

구-우-우-우-우-우-우-우-우-웅 소리를 내며 대기가 몸을 떨었다.

"카이. 로리에를 데리고 선생님과 학생들이 있는 오두막으로 돌아가."

"거기라면 방어 마법을 걸어놨으니까 다소 튼튼하게 방어할 수 있을 거야."

나란히 선 두 영웅은 그렇게 말하며 산처럼 우뚝 솟은 마수를 향해서 천천히 걸어 나아갔다.

새까만 얼굴에 박혀 공허하게 벌어진 눈동자가 다가오는

두 사람에게 초점을 맞췄다.

그 온몸에서 무수한 촉수가 하늘을 찌르는 거목처럼 뻗기 시작했다. 밤하늘에 높이 솟은 검은 팔은 세계를 향해 겨눈 사신의 낫인가, 아니면 악마의 창인가.

서로 노려보는 양자.

밤하늘에 뻗은 촉수 무리가 움찔 움직였다.

"오오오오오오오오오오옷!"

아그니스가 머리 위로 치켜든 제무스를 내리쳤고,

"하아아아아아아아아아아아앗!"

레파가 앞쪽에 다중의 마법진을 그렸다.

화염과 냉기가 적색과 청색의 이중 나선을 형성하면서 마수의 안면을 꿰뚫었다.

"그아아아아아아아아아아악!"

하늘을 뒤흔드는 포효가 울리고, 머리 위에서 수많은 촉수가 떨어져 내렸다.

그것은 마치 쐐기처럼 대지에 박혀 끝없이 구멍을 팠다.

마수는 지명을 지르고 팔을 휘두르면서 몸부림쳐댔다.

떨어진 부분에 장기가 모이고, 그 몸을 순식간에 재생했다. 하지만——.

멈추지 않는다.

두 사람의 공격에 끝이 보이지 않는다.

불꽃과 얼음이 때때로 포개지고, 때때로 교차하며 날뛰는 마수를 떨어냈나.

"말해두겠는데, 내 저력은 고작 이 정도가 아니야."

"물론 나도 그래. 그렇다고나 할까, 너무 여유로워서 하품이 다 나네."

"난 한순간 잤어."

"난 유체 이탈했어."

'최강' 두 사람은 수수께끼의 대항심을 불태우면서 공격의 손길을 늦추지 않았다.

솔직히 이 마수는 강하다. 일찍이 없었을 만큼 큰 위협이다.

하지만 질 것 같지 않았다.

이 연대감.

이 안심감.

이 일체감.

아아, 역시 나는——.

아아, 역시 나는——.

귀청을 찢는 듯한 마수의 외침은 어느샌가 들리지 않게 되었다.

끝을 모르던 연속 공격이 마침내 가라앉기 시작했을 무렵, 근처를 뒤덮었던 검은 장기는 완전히 개었다.

공중에 있었던 장기 덩어리도 모습을 감추었다. 남은 거라곤 크레이터처럼 도려내진 지면 중심의 작은 얼룩뿐이었다. 얼룩은 한 개의 가느다란 촉수로 변해 힘없이 달을 향해 뻗어 나갔고—— 이윽고 바람에 쓸려 사라졌다.

"아아, 피곤해……."

"오랜만에 싸우는 보람이 있는 상대였어……."

두 사람은 그 자리에 털썩 주저앉아서 어깨를 들썩였다.

갓 태어난 마수가 완전히 각성하기 전이었던 것.

'최강' 두 사람이 이 자리에 있었던 것.

이 두 가지 조건이 갖추어지지 않았더라면, 아마 이 세계는 멸망했으리라.

하지만 두 사람 덕분에 위험천만한 상황을 벗어났다는 건 그 누구도 깨닫지 못했다.

엘리자베스나 학생들은 오두막에 틀어박혀 있을 것이고, 격전을 벌인 장소는 가장 가까운 도시 리피르와도 꽤 멀리 떨어진 곳이다. 다소 소리나 빛이 닿았을지도 모르지만, 심야이기도 해서 중대한 이변이라고 인식한 자는 전혀 없으리라. 이렇게 갑작스럽게 찾아온 세계의 위기를 둘러싼 싸움은 아무도 모르게 조용히 끝났다.

"그럼——."

"뭐, 뭐야?"

아그니스가 갑자기 일어서자 레파는 몸을 사렸다.

"아니, 두목은 쓰러뜨렸지만, 아직 피라미 마수가 꽤 남았잖아. 녀석들이 근처 마을을 습격하기 전에 섬멸해둬야 해."

"그, 그그, 그리네."

안심한 것 같기도 하고 아쉬운 것 같기도 한 표정을 지으며 레파도 일어섰다. 주변 일대는 초토화되어 버렸지만, 분명 피해가 미치지 않은 숲에는 마수의 잔당이 숨어 있을 가능성이 있다.

"여어, 처리했어?"

느긋한 소리에 뒤를 돌아보니, 카이가 잠든 로리에를 업은 채 살랑살랑 몸을 움직이며 서 있었다.

"카이, 오두막에 돌아가지 않았나?"

"그러려고 했는데, 도중에 그만뒀어. 음유시인이 없으면 누가 너희 싸움을 노래하겠느냐고 말했잖아."

"무모한 짓을 다 하네. 잘못하면 싸움에 말려들 뻔했다고."

"가까스로 버텼어. 칭찬해줄래?"

"아아, 하지만 어째서 우는 거야?"

"응?"

카이의 눈동자에서 한줄기 물방울이 투욱 흘러내렸다.

아그니스의 지적을 들은 백발 미청년은 그 눈물을 손가락으로 닦더니 이상하다는 듯이 바라보았다.

"아아, 정말이네. 어째서일까? 이래 보여도 난 꽤 울보인가 봐."

두 사람은 카이에게 고개를 끄덕인 뒤, 어깨를 빙글빙글 돌리면서 걷기 시작했다.

"그럼 뒤처리를 할까."

"그래, 마지막 시련도 조금만 더 하면 돼."

남은 마수를 다 퇴치하면 다시 숲에 평온이 되돌아오리라. 그러면——.

동쪽 하늘이 밝아지기 시작했을 무렵, 마침내 레파의 마력 탐지에 마수가 걸리지 않게 되었다.

마수 퇴치를 대강 마치고 네 사람이 오두막에 돌아오자, 수염이 완전히 짙어진 엘리자베스가 뛰쳐 나왔다.

"다들, 무사해서 다행이야!"

연애 강사는 듬직한 팔로 네 사람을 꽈악 끌어안았다.

"지진에, 땅울림에 난리도 아니었는데, 정말 괜찮았어?"

"그래, 문제없어."

"잘 처리했어요."

두 사람이 그렇게 말하며 고개를 끄덕이자, 엘리자베스는 숨을 후우 내쉬며 학생들을 둘러보았다.

"다행이야, 정말로 다행이야. 어쩐지 마지막은 터무니없는 '흔들다리 효과' 실전 편이 되어버렸지만…….."

살짝 눈물지으며 감개무량하게 해산을 선언했다.

"다들, 정말로 수고했어. 제5회 연애 서머 캠프는 이걸로 종료야!"

""감사합니다!""

2주 동안에 걸친 추억 깊은 연애 시너 캠프는 이렇게 막을 내렸다.

학생들은 미로의 숲을 빠져나와 어젯밤 있었던 재난에 대해 조심스럽게 이야기하면서 각각 기숙사에 짐을 가지러 갔다.

"결국, 사랑에 대해서는 아직 잘 모르겠지만 너희와 만나서 즐거웠어."

"칫, 내가 자는 사이에 즐거운 일이 있었던 거 같잖아."

카이와 로리에와도 이별의 말을 나누었다.

"그래, 나도 좋은 경험을 했어."

"이런저런 일이 있었지만 나도 즐거웠어."

백발 미청년은 떠날 때 평소처럼 옅게 웃으며 뒤를 돌아보았다.

"만약 인연이 있으면 또 만나자."

"그래."

"응."

커다란 위기를 함께 이겨냄으로써 학생들 사이에 강한 결속력이 생겼다.

여기저기에서 이별을 아쉬워하는 목소리가 들렸다. 또 몇 쌍이나 되는 커플이 탄생한 모양인지 화목하게 손을 잡는 남녀의 모습이 여기저기에 보였다.

두 사람의 시선은 자연스럽게 서로에게 빨려 들어갔다.

왠지 모를 가슴의 고양감과 기분 좋은 피로감.

지금이라면 말할 수 있다.

지금 여기에서라면——.

"저기, 잠시 시간 돼?"

"어, 넵!"

두 사람은 발길을 멈췄다. 학생들이 두 사람을 지나갔다.

이른 아침, 안개가 자욱이 낀 리피르 거리에서 아그니스는 레파의 눈동자를 똑바로 바라보았다.

"하고 싶은 말이 좀 있어."

"아, 응. 나, 나도……."

레파는 부끄러워서 시선을 한 번 피했다. 하지만 이윽고 결심한 듯이 아그니스를 올려다보았다.

아주 잠시 침묵이 흘렀다.

그리고——.

""저기——.""

"애시, 레이파!"

하지만 또 두 사람이 입을 열려고 했을 때, 다른 사람의 목소리가 둘 사이에 끼어들었다.

강의 회장 쪽에서 달려온 연애 강사 엘리자베스가 큰 목소리로 외친 것이다.

"두 사람에게 파발마로 편지가 도착했어. 꽤 급한 용건인가 봐!"

““……?””

두 사람은 어깨를 들썩이는 엘리자베스에게서 각각 편지를 받아들고 서로 얼굴을 마주 보았다.

그들은 천천히 봉서를 열었고 동시에 할 말을 잃었다.

“……!”

서두에 커다란 붉은 글자로 적혀 있는 문자는── 강제 귀환 명령.

그리고 문장은 이렇게 이어졌다.

──'동국전쟁'을 재개한다. 즉시 귀환하라.

제5장 의혹의 화살

흙먼지를 모락모락 피우면서 땅울림이 끊임없이 울려 퍼졌다.

코베르나 대륙 동쪽 두 나라── 에스키아 공화국과 이그마르 왕국의 국경선에는 긴장감이 감돌았다.

녹음이 드문드문 피어난 평원의 양 끝에, 양국의 군세가 진을 치고 서로를 노려보았다.

그들의 눈동자에 비친 것은 강렬한 적의와 살의.

전의를 북돋듯이 징을 치고, 피리 소리가 높다랗게 울려 퍼진다.

아침 해가 비치는 전장에는 앞으로 시작될 참극을 예감했는지, 새나 짐승의 모습은 없었다. 그저 불길한 색을 머금은 아지랑이가 흔들흔들 피어오를 뿐.

──'동국전쟁'.

두 나라 사이에서 수십 년에 걸쳐 이어진 피로 피를 씻는 싸움은, 약 반년의 정전 기간을 거쳐 다시 시작되려 했다.

에스키아 공화국군이 진을 친 남쪽에 눈길을 옮기면, 전방에는 선발대로 모인 정예부대가 우글거린다. 그중 붉은 검이 그려진 깃발을 든 무리가 있었다. 무리의 이름은 홍련의 칼.

그 전투력은 에스키이 공회군 내에서 제일이다. 그 때문에 비정규군 집단이면서도 정규군에 섞여서 차출되었다.

"전장의 냄새는 오랜만이군."

그 선두에서 말의 등에 올라탄 남자가 팔짱을 끼면서 감상에 젖은 말투로 말했다.

흑발이 바람에 나부꼈고, 진홍의 눈동자는 평야 안쪽을 응시했다.

"단장님. 정말로 괜찮으시겠습니까?"

옆에서 말을 탄 부장 루시아나가 걱정스럽게 말했다.

"괜찮고 말고, 국가가 그렇게 정한 이상 일개 군인은 따를 수밖에 없잖아."

"하지만——."

"내키지 않는 모양이군, 루시아나. 넌 전쟁 찬성파인 줄 알았는데."

부장은 천천히 고개를 끄덕이더니 입술을 굳게 깨물었다.

"이전엔 분명 그랬습니다. 하지만 최근엔 단장님이 말하는 피가 흐르지 않는 세상이라는 것도 나쁘지 않다는 생각이 들었습니다. 게다가 단장님은 이그마르의……."

점점 목소리가 작아지는 루시아나의 모습을 보고, 아그니스는 피식 웃으며 부장의 머리에 툭 손을 얹었다.

"다, 다다다단장님……!"

'플레임 로드'는 뺨이 새빨개진 루시아나를 향해 타이르듯이 말을 걸었다.

"뭐, 걱정하지 마. 상층부가 이번 개전에는 나보고 앞장 서라고 했어. 내가 그렇게 간단히 질 거 같아?"

"아, 아니요! 하지만, 그런 문제가——."

루시아나는 고개를 내저은 후, 문득 깨달았다는 듯이 물 었다.

"그러고 보니 메이는 이번 일을 뭐라고 했죠?"

"갑작스러운 개전이라 제대로 얘기할 시간이 없었지. 어 쨌거나 뒷일을 맡기겠다는 말만 해뒀어."

"……네?"

부우우우우우우우우우우우웅!

뱃속을 울리는 뿔피리 소리가 전장에 울려 퍼졌다.

그러자 긴장감이 한층 높아지고, 양군에서 맹렬한 외침이 터져 나왔다.

——개전 신호.

"좋아, 다녀올까."

아그니스는 가벼운 기색으로 말하며 말에서 내렸다. 그러 고는 흥분한 선두부대의 면면에 쩌렁쩌렁 한 목소리로 선언 했다.

"내가 선두에 서겠다."

"단장님——!"

루시아나는 저도 모르게 그 등에 손을 뻗었다. 하지만 그

손은 어깨를 가를 뿐이었나.

"힘 내십쇼!" "부탁합니다!" "응원하겠습니다!"

다른 단원들이 격려의 말을 보냈다.

"켁, 명문 레스터라고 해도, 오합지졸의 부대장 따위가 우쭐거리긴."

무명을 떨치기 위해 참전한 정규군 귀족 장교들이 악담을 중얼거리자, 아그니스는 서늘한 표정으로 뒤를 돌아보았다.

"내가 선발로 나서는 건 상층부의 지시다. 혹시 나보다 강한 놈이 있나? 그럼 먼저 상대해줘도 상관없는데."

아그니스가 타오르는 눈동자로 응시하자 장교들은 하나같이 시선을 피하며 입을 다물었다.

아그니스는 다시 앞으로 몸을 돌리더니, 모래 먼지가 날리는 전장으로 천천히 발을 내디뎠다.

발바닥에 태양에 달궈진 흙의 열기가 느껴진다.

살갗에 얼얼한 긴장감이 느껴지고, 죽음의 냄새를 머금은 바람이 온몸에 들러붙는다.

예민한 후각은 빨리도 숨막히는 피의 냄새를 재현했다.

전장.

또 여기로 돌아왔다.

양군의 중앙까지 걸어 나간 아그니스는 그 자리에서 멈춰서서 큰소리를 내질렀다.

"내가 바로 에스키아 공화국군 '최강'의 검사 아그니스 레

스터다! '동국전쟁'의 개전의 봉화를 피우겠다. 날 상대할
자는 있나?"

이그마르 측 선봉군이 술렁였다.

"'플레임 로드'다." "맞붙은 자는 공포에 질려 두 번 다시
전장에 설 수 없다고 들었어." "전장의 사신인가."

잠시 술렁임이 이어지더니 이윽고 군세의 중앙이 갈라졌
고, 한 인물이 앞으로 나섰다.

호리호리한 체구로 보아 남자는 아니리라. 검은 베일을
푹 뒤집어썼기 때문에 민얼굴을 엿볼 수는 없지만, 그 모습
만으로 정체를 추측하기에는 충분했다.

"왔다." "나왔나……." "저게 이그마르가 자랑하는 전장
의 악마……."

이번에는 에스키아 병사들이 술렁였다.

그 인물은 아그니스를 향해 서더니 맑은 목소리로 외쳤다.

"내가 바로 이그마르 왕국군 '최강'의 마술사다! 금세 송
장이 될 녀석에게 굳이 이름을 댈 필요는 없겠지. '블리자드
로즈'든 뭐든 마음대로 불러라."

모든 것을 얼리는 절대 영도의 마녀가 등장하자, 에스키
아군의 술렁임이 한층 더 커졌다.

에스키아 공화국 '최강'의 검사── '플레임 로드'.

이그마르 왕국군 '최강'의 마녀── '블리자드 로즈'.

첫 싸움을 장식하는 것은 양군의 최고전력이 펼치는 일

기토.

서로에게서 찌릿찌릿한 압력이 뿜어져 나왔고, 멀찍이서 지켜보는 병사들에게도 그 파동이 전해졌다.

앞으로의 전황을 결정지을 중요한 일전이, 지금 바야흐로 시작되려 했다.

두 사람은 열 걸음 거리를 사이에 두고 마주 보았다.

"......."

사투가 시작되기 전의 전장은 무척 고요했다.

처음 만난 곳은 마경 이숨니아의 오지. 둘 다 풋내가 가시지 않은 때였다.

다음 얼굴을 마주한 곳은 신전 교회의 한 방. 예상치 못한 맞선이었다.

그 후로는 우연인지 필연인지 다양한 곳에서 마주쳤다.

에스키아의 해변 거리에서.

이그마르의 호반 별장에서.

상업 도시 리피르의 온천 여관에서.

레바민트 공원의 사은제에서.

그리고 연애 서머 캠프 회장에서.

하지만 이곳—— 서로의 목숨을 빼앗는 전장에서 만나기는 처음이다.

"......."

말없이 대치한 두 사람에게서 강렬한 투기가 피어올랐다.

만나고, 얘기하고, 등을 맡기며 싸우고. 짧은 기간 동안 서로에게 다양한 표정을 보여줬다.

하지만 이것만은 모른다.

피보라가 흩날리는 전장에서, 서로가 어떤 표정을 보이는지——.

"괜찮습니다, 누님. 단장님이라면 분명 '블리자드 로즈'에게도 이길 수 있습니다."

"어, 그래……."

루시아나는 주먹을 움켜쥐고서 흥분에 몸을 떠는 단원의 말을 듣고 고개를 끄덕였다. 그리고 아까 저도 모르게 아그니스의 등에 뻗어버린 손을 바라보았다.

——정말로 이래도 되는 걸까?

루시아나의 마음속에서 갈등이 소용돌이쳤다. 숙적 이그마르와 친해지고 싶다는 생각은 털끝만큼도 없다. 적의 최고전력인 '블리자드 로즈'는 특히 더 그렇다. 하지만 자신은 신성교회에서 벌어진 마수와의 싸움에서 두 사람이 등을 맡기고 싸우는 모습을 보고 말았다.

고독하게 '최강'의 길을 돌진하는 두 사람이 서로를 진심으로 신뢰하며 싸우는 모습은 가슴이 꽉 막힐 만큼 잘 어울려서 숨을 쉴 수 없을 지경이었다.

그런 그들이 지금은 서로의 목숨을 노린다.

정말로 이래도 되는 걸까——?

루시아나는 수녁을 뀌고서 가슴을 어눌렀다. 아무리 두 사람이 아는 사이인들, 이만큼 많은 병사의 눈앞에서 은밀히 봐주며 싸우기는 불가능하다.

자신이 아까 무의식적으로 아그니스의 등에 손을 뻗은 이유는 두 사람의 싸움을 보고 싶지 않았기 때문일까? 그렇지 않으면──.

"누님, 그렇게 불안한 표정을 지으면 안 되죠. 단장님을 믿고 맡기자고요!"

"……맡긴다고?"

루시아나는 문득 고개를 들었다.

──뒷일을 맡기겠다고 메이에게 말해뒀어.

아그니스는 그렇게 말했다.

설마──.

"간다!"

"덤벼라!"

'최강' 두 사람에게서 피어오르는 오라가 바늘처럼 날카로워졌다.

어느샌가 쾌청했던 하늘에는 먹구름이 드리워져 빗방울이 툭툭 떨어지기 시작했다.

다시 한번 징 소리가 울려 퍼지고, 두 사람은 동시에 한 걸음을 내디뎠다.

그리고──.

"옥파참(獄破斬)!"

"빙마포(氷魔砲)!"

적색과 청색의 섬광이 번쩍였다.

아그니스의 흑검이 대기를 세로로 찢자 피처럼 붉은 불꽃이 흘러넘쳤다. 그 불길은 공기마저 태우며 작열의 대포로 변해 '블리자드 로즈'를 덮쳤다.

한편, 레파의 눈앞에서는 창백하게 빛나는 여러 겹의 마법진이 나타났다. 그곳을 지나간 얼음덩어리가 다단계로 가속하더니, 무수한 얼음의 폭격으로 변해 '플레임 로드'에게 쏟아져 내렸다.

구우우우우우우우웅!

첫수부터 큰 기술이 부딪쳤다.

막대한 에너지를 가진 열기와 얼음이 교차해 강렬한 기류가 일어났다.

타오르는 업화가 터지고, 혼조차 얼려버리는 냉기가 전장을 뒤덮었다. 무수한 충격음이 땅 위에 울려 퍼지고, 두 사람을 중심으로 생겨난 폭풍이 모래 먼지를 하늘 높이 날려 보냈다.

고작 한순간.

숨조차 내뱉을 새도 없이, 양자는 주위를 초토화했다.

"──……."

그 너무나도 무시무시한 위력에 전장이 침묵에 휩싸였다.

그리고 삼시 후, 양군의 병사들이 터질 듯한 환성을 질렀다.

"우오오오옷, 놀라운 싸움이다!" "대단해애애!" "단장님, 꼭 이기십시오!"

하지만 루시아나는 단원들이 입에 담는 필사적인 응원을 들으면서 아연하게 입을 열었다.

"설마— 단장님, 죽을 생각은…….."

* * *

코베르나 대륙이 자랑하는 일곱 대국 중 하나, 레바민트 왕국의 왕가 별장.

앞머리를 눈썹 앞에서 가지런히 자른 소녀가 문을 조심스럽게 두드렸다.

"에리카 님, 들어가도 될까요?"

"들어와."

시렌은 주인의 힘없는 목소리를 들으며 방에 들어섰다. 방안에는 레바민트 국왕 에리카가 창가에 서서 에스키아 공화궁과 이그마르 왕국이 있는 방향을 바라보고 있었다.

먹구름이 가랑비를 흩뿌렸다.

"에리카 님, 일이 커져 버렸네요."

"모처럼 물밑에서 법률 개정 준비도 진행했는데 쓸모없게 됐네."

에리카는 창밖에 시선을 고정한 채, 한숨을 내쉬며 종자에게 대답했다.

"슬슬 저희도 대피하죠. 언제 여기까지 여파가 미칠지 모릅니다."

지금 두 사람이 있는 왕가의 별장은 에스키아와 이그마르 국경과 가깝다. 전쟁 최전선에서 말을 타고 반시진 정도 걸리는 위치에 있었다. 전장이 위치한 방향에서는 이미 불온한 기운이 감돌기 시작했다.

하지만 에리카는 고개를 내저었다.

"기다려. 조금 더 여기에서 상황을 지켜볼게."

"……."

에리카의 강한 어조에 시렌은 잠시 침묵한 후 천천히 고개를 끄덕였다.

"……알겠습니다. 그럼 대피 준비만 해두겠습니다. 그나저나 정전 약속은 아직 반년 남아 있을 텐데, 대체 어째서 이 시기에 양국은 전쟁을 재개하려고 한 걸까요?"

"아아, 아직 설명 안 했구나."

에리카는 물빛 머리카락을 흔들며 뒤를 돌아보았다.

"화살이야."

"화살요?"

에리카는 굳은 표정으로 무겁게 입을 열었다.

"정선 중이라고 해도 양국은 서로를 믿지 않는 사이야. 양국은 항상 최전선에 병사를 두고, 상대가 묘한 움직임을 보이지 않는지 서로 감시하고 있었어."

"네."

"그런 와중, 누군가가 야음을 틈타 양군 진영에 화살을 쏜 거야."

"네?"

시렌은 저도 모르게 할 말을 잃었다.

"어, 어느 쪽이 화살을 쏜 건가요?"

"양쪽 다야. 에스키아는 이그마르가 정전 약속을 깼다고 격노하고, 이그마르 또한 마찬가지로 에스키아의 불의에 노발대발한 모양이야. 그리고 양국은 개전을 결단했어."

"그럴 수가…… 분명 규정은 위반했지만, 고작 그것만으로 전면 전쟁이라니."

"고작 그런 게 아니야. 병사들은 숙적과 반년 동안이나 전선에서 서로 노려보느라 스트레스가 심했을 거야. 아슬아슬할 때까지 부풀어 오른 긴장감이 폭발하는 데는 충분한 자극이었어. 뒤집어 말하자면 양국의 신뢰 관계는 고작 화살 두 발로 흔들릴 만큼 얄팍하다는 거겠지."

"지금부터라도 어떻게든 두 사람을 결혼시켜서, 억지로 화평 교섭으로 끌고 갈 수는 없나요?"

"이제 무리야. 동맹 교섭은 양국이 정전 협정을 지킨다는 전제로 맺었잖아. 두 나라 모두 규약을 위반했으니, 이미 정전 협정은 효력을 잃어버린 거나 마찬가지야. 나도 참 선수를 빼앗기고 말았어."

에리카는 분하다는 듯이 입술을 깨물었다.

두 사람을 연애 서머 캠프에 보내지 말고 서둘러 결혼시켜버렸더라면 좋았을까? 하지만 이렇게 간단히 흔들릴 두 나라의 정세를 고려하면, 억지로 결혼시켜봤자 그 뒤에 관계가 잘 유지되리라고 여길 수는 없었다.

에리카는 움켜쥔 주먹을 책상에 내리쳤다.

"안이하게 판단했어."

"최전선 병사들이 참지 못하고 상대를 도발해버린 거 말인가요?"

"그럴지도 몰라. 하지만 양국 동맹 반대파가 뒤에서 일을 꾸몄을 가능성도 있어. 그렇지 않으면 또 하나의 가능성도 배제할 수 없지."

"또 하나요?"

"그래, 또 하나. 우린 양국의 동맹을 꺼리는 세력을 알잖아."

"……."

시렌은 한 번 입을 다문 후, 곱씹듯이 그 이름을 입에 담았다.

"기르강디아 제국……."

얼마 전, 이 레바민트 왕국도 끄르징미이 제국이 기개이 펼친 암약 때문에 멸망의 위기를 맞았다.

에리카는 천천히 고개를 끄덕였다.

"그래. 그 나라 자객이 어둠을 틈타 화살을 쏘고 양국의 전쟁을 부추겼을 가능성도 있어."

"듣고 보니 그러네요. 그럼 두 나라가 싸울 필요는 없지 않나요?"

"싸움을 말릴 수 있다면 고생을 왜 하겠어? 양국 수뇌부 중 일부는 이미 그 가능성을 알 거야. 하지만 이제 멈출 수 없어. 오랫동안 쌓였던 원한과 불신에 불이 붙어버린 이상, 그건 구르기 시작한 수레바퀴처럼, 커다란 파도가 되어 온 나라를 집어삼킬 거야."

화살이 날아온 다음 날, 양국은 주력군의 전선 배치를 완료했다.

뒤집어 말하자면 언제든지 전쟁을 벌일 수 있도록 준비하고 있었다는 뜻이리라.

그만큼 서로를 믿지 못했던 것이다.

"어떻게 안 될까요?"

"이렇게 된 이상, 이미 제삼국이 끼어들 상황은 아니야. 주사위는 던져졌어."

처참한 피의 역사── '동국전쟁'이 다시 시작된다.

레바민트 왕국은 쇄국 정책으로 직접 관여하지 않았지만,

그게 얼마나 끔찍한 일인지는 안다.

"정말로 어떻게 안 되는 건가요? 그 '최강' 두 사람이라면 분명——."

"그들은 전력으로 전장에 동원되었을 테니까, 이미 수뇌부의 결정을 뒤집을 만한 기회가 없어. 만약 가능성이 있다고 한다면 그들의 참모겠지."

시렌은 눈을 끔뻑였다.

"……메이 씨랑, 로제린 씨요?"

"그 두 사람이라면 비교적 자유롭게 움직일 수 있는 위치일 거야. 양군이 본격적으로 부딪치기 전에 상층부에 움직여서, 어떻게든 정전으로 끌고 가도록 설득할 수밖에 없어. 분명 두 사람도 그걸 알고서 움직일 거야."

"그럼——."

하지만 에리카는 기합을 넣은 시렌을 향해 깊은 한숨을 쉬었다.

"다만, 문제는 그 상층부가 도통 만만하지 않다는 거지……."

* * *

시간은 조금 전으로 거슬러 올라간다.

"랄프 오빠, 잠깐. 내 애길 들어!"

개전 직전, 에스키아 진지 가상 안쪽에 설치된 내본닝. 네이는 빠른 걸음으로 나아가는 큰오빠를 쫓아갔다.

메이가 팔을 붙잡자 랄프는 차가운 눈빛으로 뒤를 돌아보았다.

"끈덕지다, 메이. 다음 작전 회의가 시작될 거다. 너랑 느긋하게 얘기할 여유는 없어."

"기다려. 아무래도 이상해. 차분하게 생각해야 한다고."

'동국전쟁' 개전은 메이에게도 아닌 밤중의 홍두깨였다. 어젯밤 늦게 에스키아 진영에 화살이 날아온 모양인데, 그 다음 날에는 이미 개전이 결정되었다.

국군 총사령관인 큰오빠 랄프와 이야기할 기회는 좀처럼 찾아오지 않아서, 지금 와서야 겨우 기회를 붙잡을 수 있었다.

"정말 이그마르가 화살을 쏜 건지 제대로 검증해야 해."

메이가 빠르게 떠들어대자, 오빠는 코웃음을 치며 말했다.

"넌 기르강디아 제국이 엮였다는 주장을 하고 싶은 거냐?"

메이는 그 말을 듣고서 아연하게 큰오빠를 바라보았다.

"알고 있으면서, 왜……?"

"증명할 수 없는 이상, 확실한 건 정전 협정 중에 화살이 날아왔다는 사실뿐이다. 그렇지 않으면 네가 막을 수 있겠나? 많은 동포를 잃은 병사들의 울분. 너에겐 들리지 않느냐? 가족을 잃은 국민의 분노가. 이미 수레바퀴는 구르기 시작했어. 이미 아무도 이 기세를 멈출 수 없다."

전장은 이미 기이한 분위기에 휩싸인 상태다.

여기에서 스러져갔던 병사들의 원념이 마치 아지랑이와 함께 피어오르는 것만 같은.

"하지만…… 그래도!"

"구실만 있으면 이그마르에게 원한을 풀고 싶어 하는 자들이 이렇게나 많다는 뜻이다. 어차피 맞선이 실패하면 제국과 전쟁을 벌이기 전에 이그마르를 멸해야 했어. 그게 앞당겨졌을 뿐이다."

"기다려. 기다리라고, 랄프 오빠."

메이가 질질 끌려가듯이 오빠에게 매달렸다.

초조함이 가슴을 태웠다. 모처럼 에리카의 협력을 거쳐, 물밑에서 '최강' 두 사람의 결혼 준비를 진행했는데.

앞으로 조금만 더하면 됐는데.

그러자 불현듯 발을 멈춘 오빠가 갑자기 온화한 말투로 말했다.

"녀석들을 결혼시키려고 몰래 움직였나 본데, 헛수고로 끝난 모양이구나."

메이는 붉은색 눈동자를 크게 떴다. 혹시 오빠는 진작에 알고 있었던 건가?

랄프의 차가운 시선에 위압감을 느낀 메이는 이내 몸이 굳었다.

"랄프, 오빠……."

"역사는 반복된다라."

"……역사?"

나직이 중얼거린 랄프는 전선 방향을 바라보며 말을 이어나갔다.

"일부 수뇌부에게만 알려진 이야기다. '잔잔한 시대'에 얽힌 진실. 세간에 알려진 건 양국 두 사람의 '최강'이 서로 호적수라 인정하고 정전을 끌어낸 결과, 몇 년의 평온이 찾아왔다는 사실뿐. 하지만 당시 '최강' 두 사람은 호적수라는 관계를 뛰어넘어 서로를 사랑했지."

"그……랬어?"

"그래, 그뿐만이 아니다. 정전 기간에 뒤에서 은밀히 동맹 교섭을 진행했지. 그리고 동맹 조인 바로 전날, 최전선의 분쟁 때문에 전쟁이 재개됐다."

"……."

할 말을 잃은 메이는 떨리는 목소리로 말했다.

"……서로 사모하는 두 사람. 동맹. 지금 상황이랑 똑같아."

"물론 이번 맞선은 적국의 최대 전력을 자국으로 끌어들이는 게 주목적이었지만, 이 시도가 성공하면 과거의 원한을 뛰어넘을 수 있을 거라는 상정도 했어. 게다가 지난번의 실패를 반면교사 삼아 서로 견제하는 기간을 3년에서 1년으로 한정하고, 제삼자를 끌어들여서 정전 협정을 맺었지. 하지만 결국 아무것도 변하지 않았어."

랄프는 여동생에게 차갑게, 그리고 온화하게 말했다.

"'잔잔한 시대' 따위는 환상이라는 걸 잘 알았겠지. 게다가 그 시대의 뒤에는 또 하나…….."

큰오빠는 거기에서 말을 멈췄다.

"아니, 네가 이 이상 알 필요는 없겠지. 어쨌든 간에 우리는 어느 한쪽이 멸망할 운명이라는 거다."

"…….."

메이는 멀어져가는 오빠의 뒷모습을 말없이 바라보았다.

아까 전까지 맑았던 하늘이 거짓말인 것처럼 먹구름으로 뒤덮였다.

그리고——.

머나먼 전장 쪽에서 징 소리가 바람을 타고 전해졌다.

——개전 신호.

"오……빠."

상층부는 최고전력인 아그니스에게 선두에 서라고 명했다. 이그마르도 마찬가지라고 한다면 지금부터 두 사람이 최전선에서 싸우게 되리라. 전투가 시작되기 전에 큰오빠를 설득해야만 했는데.

"어쩌지……? 어쩌면 좋아? 아그니스 오빠…….."

메이는 후드득후드득 떨어지기 시작한 비를 몸에 맞으면서, 쓸쓸하게 신음했다.

한편, 이그마르 측 진영 안쪽. 제1왕위계승자가 자리 잡은 전선 탑에서는 이자벨라와 로제린이 비슷한 광경을 펼쳤다.

"——이상이 '잔잔한 시대'의 진실이야. 알겠지? 한 번 흘러넘친 물은 결코 원래대로 돌아가지 않아. 모든 건 그때와 마찬가지야."

"……."

로제린은 한쪽 무릎을 꿇은 채, 무심코 주인의 얼굴을 올려다보았다.

"하지만 이자벨라 님. 이번 일에 제국이 관여했다는 증거만 있다면 격돌을 회피할 수 있지 않습니까? 이자벨라 님의 마술 '사이코메트리'를 쓰면——."

사물에 남은 사념을 읽어내는 마술.

그 힘을 쓰면 화살을 쏜 자가 어떤 인간인지 알 수 있을 것이다.

"유감이지만, 화살은 흔해 빠진 양산품이야. 본인이 손에 익은 게 아니면 '사이코메트리'는 힘을 발휘하지 않지. ……후후후, 무언가 획책한 모양인데 그 애에게 대등하고 행복한 결혼 따위는 찾아오지 않겠지이, 로제린."

"……으."

이자벨라의 목소리가 문득 귀에 닿자, 로제린은 등줄기가 서늘해지는 감각을 느꼈다.

"서로 사모하는 두 사람이 일기토를 벌이다니 참 슬프네. 과거처럼 동귀어진은 안 했으면 좋겠는데."

매혹적인 미소를 지은 이자벨라는 평탄한 목소리로 말했다.

"슬슬 물러가렴. 눈에 거슬려."

"……실례, 하겠습니다."

로제린은 공손하게 고개를 조아리며 방을 뒤로했다.

탑 밖으로 나온 로제린의 머리 위엔 먹구름이 가득했고, 빗발이 격렬하게 쏟아지고 있었다.

그리고 전쟁을 알리는 징 소리가 어렴풋이 귀에 닿았다.

로제린은 세차게 쏟아지는 비를 맞으면서 나약하게 중얼거렸다.

"레파 님. 곤란하게 됐네요. 손 쓸 방도가 없습니다……."

"……시작되었을까?"

방에 남겨진 이자벨라는 일어서서 창밖을 바라보았다.

하지만 쏟아지는 비 때문에 시야가 나빠 최전선의 상황은 전혀 보이지 않았다.

"일부러 이런 날에 전쟁이라니이."

'동국전쟁'이 재개된 이 날은 과거 '최강' 두 사람의 기일이기도 했다.

대지를 적시기 시작한 비는 미치 이 전장에서 스러져 간 이들의 눈물처럼 보였다.

이자벨라는 색이 다른 눈동자로 어두컴컴한 하늘을 보았다.

'잔잔한 시대' 뒤에는 또 하나의 꺼림칙한 진실이 있다.

물밑의 동맹 교섭과 함께, 두 사람의 혼인이 진행된 이유.

"……이건 인과응보일까?"

이자벨라는 한숨인지 잘 모를 말을 옅게 흘렸다.

에스키아와 이그마르, 양국의 최고 고위층만이 아는 '잔잔한 시대'의 기밀 사항.

그것은 약 20년 전의 '최강'── 아킴 레스터와 나스타시아 엘드리트는 적이면서도 서로를 인정해 사랑이라는 감정을 갖기의 이르렀다.

그리고.

두 사람 사이에는 아이가 태어났다.

* * *

──서로 적대하는 두 나라에 태어난 두 사람의 '최강'. 슬픈 사랑 이야기──.

폭우 속, 전장이 내려다보이는 높직한 언덕 위에 사람의 그림자가 있었다.

──신이시여, 축복을. 새로운 생명의 탄생을──.

쩌렁쩌렁한 목소리가 비 내리는 하늘에 울려 퍼지며 지나간 시대의 진실을 그려냈다.

전장에서 사랑에 빠진 과거의 '최강' 두 사람은 양국의 정전을 이끌어낸 후에도 은밀히 밀회를 거듭했다.

그리고 의도치 않은 사랑의 결정을 손에 넣었다.

이미 두 나라는 정전 기간에 들어섰기 때문에 나스타시아 엘드리트의 임신은 세간에 알려지지 않았다. 그리고 이는 양국의 극히 일부분만 아는 기밀 사항으로 취급되었다. 무사히 탄생한 아이는 일시적으로 신성교회가 맡게 되었고, 그 사이 물밑에서 동맹 교섭이 진행됐다.

──찾아올 평화의 날. 경사스러운 무대를 고대하며──.

'최강' 두 사람은 그사이 은밀하게 신성교회에 드나들며 아이와 대면했다. 아버지와 어머니와 아이, 셋은 누가 봐도 다정한 가족의 모습이었다. 하지만 그 아이는 오랫동안 견원지간인 두 나라의 최고전력 사이에 태어난 꺼림칙한 아이. 따라서 신성교회가 비밀리에 숨기게 되었지만, 동맹이 성립되면 아이의 존재는 평화의 상징으로서 조만간 공표될 예정이었다. '최강' 두 사람은 아이의 탄생을 축복하고, 떳떳하게 두 사람이 함께하게 될 날이 오기를 애타게 기다렸다.

──아아, 그래도 신은 두 사람의 앞길을 비추지 않았네──.

동맹 조인 전날. 양국 최전선에서 병사들의 분쟁이 발발하고, 이야기는 백지로 돌아갔다. 노발대발한 상층부는 아이의 존재를 어둠에 묻었다. 그리고 '최강' 두 사람은 개전 신호로써 일기토를 치르게 되었다.

──천국에서 지옥으로. 그 얼마나 원통할까──.

깊고 깊은 절망이 두 사람을 덮쳤다.

그리고 평소라면 아무렇지도 않았을 일격으로, 서로가 치명상을 입고 말았다.

──슬픈 사랑의 종막. 그것이 '잔잔한 시대'의 진정한 비극──.

조용한 하프 음색이 빗소리에 사라져갔다.

"그 애는…… 어떻게 됐어?"

또 하나의 인영이 나타나 물었다.

"……네 살 무렵에 교회에서 탈주했다고 하지. 동맹이 파기된 상황 속에서, 그 애의 존재는 재앙의 씨앗일 뿐이니까. 아마 암살당할 수도 있다는 사실을 깨닫고 도망친 거 아닐까."

교회 상층부에서는 큰 소동이 일어났다. 하지만 어린아이가 바깥세상에서 혼자 살아갈 수 있을 리가 없다. 만에 하나 살아남는다고 해도 자신의 출생에 얽힌 비밀도 모르는 데다 양친에 대해서도 기억하지 못할 것이다. 그러니 사실상 문제는 없으리라고 판단했다.

역사를 더듬듯이 담담하게 이어지는 혼잣말.

"하지만 그 아이는 모든 일을 뚜렷하게 기억하고 있었어. 양친이 웃는 얼굴도, 자신의 출생도. 어쨌든 '최강'과 '최강' 사이의 아이니까, 그 애도 평범하지는 않았지."

아이는 만신창이가 되면서도, 미로의 숲이라 불리는 격리 지역에 다다랐다.

"그는 자기 힘으로 집을 세우고, 벌레를 먹고, 빗물을 마시며 살아남았지. 그사이 계속 생각한 건, 왜 서로를 사랑했던 양친이 서로의 목숨을 빼앗아야만 했느냐는 점이야. 숲에 있는 폐가에 달라붙은 절망은 고작 10년 만에 그 자리의 마나를 장기로 바꾸어버릴 만큼 깊고 어두웠어. 뭐, 물론 네 금주가 억지로 스포타이제이션의 계기를 부여해준 거지만."

이야기꾼은 쏟아지는 비를 맞으면서 시선을 옆으로 돌렸다.

거기에는 곰 인형을 안은 금발 트윈 테일 소녀가 서 있었다.

"카이……."

소녀의 중얼거림을 듣고 백발 미청년은 옅게 미소 지었다.

"네 마술은 여전히 대단하구나, 로리에. 장소의 스포타이제이션라는 금주에도 성공해버렸으니까. 뭐, 지쳐서 그대로 현장에서 잠들어버린 건 너답지만."

카이는 그렇게 말하며 가볍게 어깨를 으쓱였다.

"그리고 가장 놀란 건, 때마침 그 자리에 있던 두 사람이 스포타이제이션을 막은 거지. 내가 품은 오랜 절망과 네 금단의 마술로 살아난 원소의 마녀가 짐짜끼 끄리지디니. 가성하면 대륙 3분의 1을 멸할 큰 위협이 될 예정이었는데, 슬퍼서 나도 모르게 울어 버렸어. 후후후."

"슬프구나, 불쌍해……."

"동정하는 거야? 나랑 얘기할 땐 여전히 인형을 쓰지 않는구나."

"왜냐하면, 카이는 무섭지 않은걸……. 악마의 아이라는 소리를 들었던 나를, 카이가 지옥에서 구해줬으니까……."

"무섭지 않다니. 후후후. 날 그렇게 말하는 건 너 정도일 거야."

카이는 눈을 가늘게 뜨며 비 내리는 하늘을 올려다보았다.

두텁게 드리운 구름은 마치 어둠을 세계에 가두기 위한 뚜껑처럼 보였다.

"로리에, 난 사랑을 몰라. 스포타이제이션 실험 때문이기도 했지만, 연애 서머 캠프에 참가한 건 정말로 사랑을 알고 싶어서였어. 강대한 힘 때문에 수많은 악의에 노출됐었던 네가 타인 공포증을 극복하려고 했던 것처럼."

"……."

"내 양친은 왜 죽어야 했을까? 두 사람이 서로 사랑하는 건 죄였을까? 미로의 숲에서 고독하게 사는 동안, 그 아이는 겨우 하나의 답을 손에 넣었어. 모든 건 이 세계에 국경

이 있기 때문에 벌어진 일이라고. 국경이 있으니까 쓸데없는 대립이 생겨나지. 화살을 쏘았다는 것만으로 서로 좋아하는 두 사람이 갈라지게 돼. **비극은 이렇게 간단히 반복되고 말아.**"

"서로 좋아하는 두 사람……."

로리에는 곰 인형을 쥔 손에 힘을 실었다.

"마음이 괴로워?"

"……모르겠어. 하지만 그 두 사람도…… 무섭지 않았어."

"후후, 별일이네. 나 말고 다른 사람에게 마음을 열 뻔한 건 처음이잖아."

"……그래?"

"아마도. 뭘까, 이건 질투라는 감정일까?"

카이의 눈동자는 머나먼 전장에서 서로 부딪치는 두 사람의 '최강'을 향했다.

"하지만 미안해, 애시랑 레이파. 아니, 아그니스랑 레파랬던가? 연애 캠프에서 두 사람과 얼굴을 마주하게 될 줄은 생각도 못 했어. 너희를 싫어하진 않지만, 양국을 약화시키려면 이게 가장 효과적이야."

담담하게 말을 자아냈다.

"슬픈 일이지만 부디 안심해. 이게 마지막 비극이 되도록, 내가 대륙 모든 나라를 멸망시킬 테니까. 이 세상에서 국경이라는 게 사라지면, 모두가 시를 읊으며 노래를 부르고 평화롭게 살 수 있는 세상이 찾아올 거야."

그 얼굴에 아름다움마저 감도는 슬픈 미소가 떠올랐다.

"그게 기르강디아 제국 황제로서의 책무야."

에스키아 공화국과 이그마르 왕국.

서로 으르렁거리는 양국 최전선에는 비가 하늘의 눈물처럼 끊임없이 내렸다.

메이는 비를 맞으며 전장을 향해 달려갔다.

——어쩌면 좋지?

초조함에 가슴이 바짝바짝 탄다.

갑작스러운 개전 소식에 책략을 짜낼 틈도 없었다. 분명한 것은 양군이 본격적으로 부딪치면 사태는 더 이상 되돌릴 수 없다는 사실이다.

전쟁 개시 전에 어떻게든 의사 결정자인 큰오빠를 설득해서 다시 정전으로 끌고 갈 예정이었는데 무참히 실패했다. 제국이 관여했으리란 의심은 있지만, 큰오빠의 말대로 확실한 증거는 없다. 국민이나 상층부를 충분히 설득할 만한 수단이 없는 것이다. 심증만으론 쌓일 대로 쌓여 폭발한 원한을 막을 수 없다.

상대국에 대한 적의는 그만큼 깊게 새겨져 있다.

"아윽!"

메이는 진창에 발이 걸려 물웅덩이에 처박혔다.

"⋯⋯으."

일어설 수 없다.

바로 지금이 행동력이 가장 필요할 때인데. 머리를 굴려야만 하는데. 몸에 힘이 들어가지 않는다.

상층부는 아그니스에게 선봉을 명했다. 이그마르도 마찬가지라면, '최강' 두 사람의 싸움은 시작되었으리라.

아니, 이미 끝났을지도 모른다.

참모 본부가 있는 대본영에서 최전선까지는 상당히 멀다. 개전 신호가 울린 지 벌써 수십 분이 지났다.

──뒷일을 맡길게.

메이는 개전 전에 아그니스가 자신에게 했던 말을 떠올렸다.

오빠는 강하다. 하지만 '블리자드 로즈'도 무시무시하게 강하다. 무슨 일이 일어나도 이상하지 않다는 사실을 오빠는 알고 있었으리라.

서로 사랑하는 두 사람이, 마음이 통하기 직전에, 서로의 목숨을 빼앗는 자리에 선다.

결과적으로 20년 전의 시나리오를 더듬을 뿐이었다.

비극의 역사는 다시 반복되는 것일까?

이제, 끝난 것일까?

"오빠⋯⋯!"

오오오오오오오오오오오오오오오옷!

귀를 찌르는 포효가 고막을 두드리자, 메이는 느릿느릿 고개를 들었다.

최전선 쪽에서 들린 포효였다.

메이는 힘겹게 몸을 일으켰다.

"……오……빠."

말을 듣지 않는 무릎을 억지로 움직여 비틀비틀 걷기 시작했다.

"……오빠, 오빠!"

폭우 속에서, 메이는 열심히 앞으로 나아갔다.

물안개 너머로, 마침내 최전선에 늘어선 병사들의 인파가 보였다.

"메이, 이쪽이야!"

"루시아나 씨!"

병단 후방을 어슬렁거리고 있자니, 홍련의 칼 일당이 길을 터주었다.

선두에 있는 부장 옆에 나란히 서서 거칠어진 숨을 가다듬었다.

그리고 메이는 붉은 색 눈동자를 전장으로 향했다.

"이건——!"

서로 노려보는 양군의 중앙에서, '최강' 두 사람이 일기토를 펼치고 있었다.

"오오오오오오오오오오오오오오오오오오옷!"

아그니스는 포효와 함께 지옥의 업화를 뿜어냈다.

막대한 열량에 쏟아지던 비가 한순간에 증발했고, 피어오르는 수증기로 전장이 하얗게 흐려졌다.

꿈틀거리는 화염은 작열의 용으로 모습을 바꿔 소녀를 덮쳤다.

"하아아아아아아아아아아아아아아아아앗!"

레파가 양손을 앞으로 내밀자, 대지에서 거대한 얼음 쐐기 여러 개가 솟아났다.

거대하고 포악한 얼음 뱀이 아그니스를 덮치자, 대기가 통째로 쩡쩡 얼었다.

구우우우우우우우우우우우우우우웅!

불꽃과 얼음이 격렬하게 교차했다.

번개처럼 눈 부신 섬광이 번쩍이더니 굉음과 함께 열기와 냉기의 흔적이 튕겼다.

메이는 그 모습을 아연하게 바라보았다.

"아직도…… 싸우고 있어……?"

"그래, 굉장한 싸움이야. 나 역시 수많은 전장을 헤쳐왔는데, 그저 바라보고만 있어도 공포로 몸이 떨릴 지경이야."

루시아나는 바르르 몸을 떨며 자기 팔을 감싸 안았다.

메이는 아직 두 사람이 건재하다는 사실에 안심했지만 금세 불안해졌다. 그들은 전력으로 싸우고 있다. 이런 식으로 계속 싸운다면, 한순간의 아주 작은 방심이 치명상으로 이

어시리라.

인지를 아득히 뛰어넘는 싸움을 바라보면서, 메이는 입술을 바르르 떨며 중얼거렸다.

"이래서는 언젠가 어느 한쪽이 죽어 버릴 거야……."

아니, 자칫 잘못하면 20년 전처럼 둘 다 숨을 거두고 말리라.

세차게 쏟아지는 비. 검은 하늘이 절망적인 상황을 대변하는 것 같았다.

하지만 루시아나는 두 사람에게 시선을 고정한 채 툭 말했다.

"아마…… 단장님은 믿고 있을 거야."

"믿고 있다고요……?"

그 말에 메이는 고개를 들었다.

"그래, 처음에는 단장님이 죽을 각오를 했을지도 모른다고 생각했어. 하지만 이 싸움을 보고 그게 아니라는 걸 느꼈어. 아마 단장님은 '블리자드 로즈'의 강함을 믿고 싸우는 걸 거야."

"강함을…… 믿는다고요?"

"많은 사람의 눈이 있는데 어설프게 봐줄 수는 없어. 진심으로 싸울 수밖에……. 그때, 두 사람의 힘에 조금이라도 차이가 나면 눈 깜짝할 사이에 결판이 나 버릴 거야. 하지만 만약 상대가 자신과 동급의 실력자라면 싸움을 오래 끌 수 있어. 단장님은 '최강'의 정점에서, 두 사람이 팽팽히 맞서리라는 걸 믿었어."

그리고 그건 '블리자드 로즈'도 마찬가지이리라.

루시아나는 굳게 입술을 깨물고 주먹을 움켜쥐었다.

함께 '최강'을 목표로 하던 두 사람이 각고의 노력 끝에 같은 경지에 도달했으리라는 신뢰.

참으로 끈끈한 유대이다. 그렇기에 그들은 진심으로 부딪칠 수 있다.

"그리고 단장님이 믿는 건 분명 '블리자드 로즈'뿐만이 아니야."

──아아.

메이는 저도 모르게 신음했다.

그렇다.

언제나 그런 것이다. 이 오빠는 그런 남자이다.

──뒷일을 맡길게.

오빠의 말은 결코 포기 따위가 아니었다.

"두 사람의 싸움이 길어지면, 그 사이에 메이가 어떻게든 해줄 거다. 단장님은 그렇게 믿고서 열과 성을 다해서 싸우고 있어."

"응⋯⋯⋯⋯⋯ 응!"

포니 테일의 소녀는 흘러넘치는 눈물을 닦았다.

울고 있을 때가 아니다.

오빠는 일룩 신체를 찍으고 틀리게 따리라는 사실을 악며서도 저주의 각인을 대신 짊어져 주었다. 나는 그 은혜를 아직 하나도 못 갚지 않았나.

뭘 포기하는 거냐.

뭘 절망하는 거냐.

어째서 고개를 숙인 거냐.

지금 자유롭게 움직일 수 있는 이는 군대에 속하지 않은 자신뿐이다.

오빠가 만들어준 시간을 허사로 만들어서는 안 된다.

메이는 자신의 뺨을 짜악 때렸다.

"이러고 있을 때가 아니었네요. 루시아나 씨, 말을 빌려도 될까요?"

"그래, 물론이지. 부탁해, 메이!"

말에 올라탄 메이는 부장의 목소리에 떠밀리듯이 말을 몰았다. 오빠나 다른 사람만큼 말을 잘 다루는 건 아니지만, 레스터가의 자녀인 이상 승마술 훈련은 받았다.

고삐를 꽉 움켜쥐고. 폭우 속을 헤쳐나갔다.

이 전쟁을 멈추려면 역시 총사령관인 오빠를 설득해야 한다. 큰오빠 랄프도 이미 이 전쟁의 방아쇠를 당긴 흑막은 제국이라고 의심하고 있었다. 다만 의혹만으로 병사나 국민의 분노를 막을 수는 없으니 사태를 방관하고 있는 것이리라.

그러니 지금 상황에서 가장 필요한 것은 확실한 증거다.

솔직히 현 단계에서 묘수가 있는 것은 아니다.

그러니까, 그러기 위해서는——.

* * *

"알았어. 아직 일기토는 이어지고 있구나. 수고했어. 뒤이어서 잘 부탁해."

전장에서 가까운 레바민트 왕가 별장.

여왕 에리카는 고개를 숙이며 나가는 정찰대에게 그렇게 말을 걸었다. 그녀는 국왕의 친위대 '블리츠'의 멤버를 '동국전쟁'의 전장에 파견해 정기적으로 보고를 받았다.

"그나저나 처절하네요……. 이렇게 오래 이어지는 일기토는 본 적 없습니다."

시중인 시렌이 감탄한 듯이 말했다.

"그러게……."

시렌이 창밖을 바라보면서 가만히 생각에 잠긴 에리카에게 걱정스럽게 말을 걸었다.

"그보다 이곳은 전장과 너무 가깝습니다. 슬슬 피난을 검토하십시오."

양군이 본격적으로 격돌하면 언제 전쟁의 불똥이 날아올지 단정 지을 수 없다.

하지만 에리카는 또 고개를 내지었다.

"여기라서 좋은 거야. 두 사람이 각오를 정한 이상, 우리도 할 수 있는 일을 하자."

"……무슨 뜻인가요?"

"슬슬 올 때가 됐어."

"……?"

그때, 방문을 똑똑 두드리는 소리가 났다. 시종 한 사람이 얼굴을 내밀며 말했다.

"폐하께 손님입니다."

에리카가 놀란 표정을 짓는 시렌을 이끌고 응접실에 가자, 거기에는 흑발 포니 테일의 소녀와 안경을 쓴 메이드가 서 있었다.

"메이 씨, 로제린 씨! 어째서 여기에?"

시렌이 곤혹스러운 기미로 입을 열자, 에리카가 대신 설명했다.

"최전선에 서는 게 두 사람의 '최강'이 짊어진 역할이라면, 뒤에서 책략을 짜는 건 우리가 해야 할 역할이야. 다만 이번엔 상황이 너무 급박하게 돌아가서 브레인끼리 의사소통을 할 여유가 없었겠지. 전쟁이 시작되어 양측이 소란스러워지자, 마침내 은밀히 움직여도 들키지 않을 상황이 찾아왔어. 이제 필요한 건 차분하게 이야기할 장소야."

"그게…… 여기라는 거군요."

그래서 에리카는 도망치지 않고 이 장소에서 대기했다.

시렌은 감탄하면서 고개를 끄덕였다.

비에 흠뻑 젖은 메이와 로제린은 거친 숨을 내쉬었다. 상당히 서둘러 이곳에 찾아왔으리라.

작은 몸집의 소녀는 젖은 몸을 닦지도 않은 채 눈앞에 있는 메이드에게 말했다.

"분하지만, 나 혼자서는 손 쓸 방도가 없어. 그러니 당신의 지혜를 빌리고 싶어, 로제린 씨."

"네, 저도 마찬가지입니다, 메이 씨."

로제린이 검지로 안경을 밀어 올리며 대답했다.

그 후, 네 사람은 선후책을 논의했다.

화살을 쏜 것이 제국의 자객이라고 상정하고 범인을 어떻게 붙잡을지, 또는 목격자에게서 정보를 얻어낼 방법이 있는지. 다양한 수단을 토론했지만 전부 시간이 필요한 일인데다, 확실한 방법은 아니었다.

네 사람 사이에 초조함이 퍼졌다.

이러는 순간에도 '최강' 두 사람은 전력으로 싸우고 있다.

그 수준의 전투에서는 아주 작은 한순간의 실수로 목숨을 잃을 우려가 있다.

"자객이 쏜 화살이 흔한 양산품이 아니라면 그나마 방도가 있었겠습니다만……."

회의 안건이 좁혀졌을 무렵, 로제린이 흘린 말을 듣고 메이가 재빠르게 반응했다.

"무슨 소리야?"

"어, 그게. 이건 국가 기밀에 가까운 정보라 섣불리 말할 수 없습니다."

"그렇구나……. 아, 갑자기 엄청나게 졸리네."

메이가 갑자기 푸욱 소파에 쓰러졌다.

"그러고 보니 우리도 할 일이 있잖아. 시렌, 어서 따라와."

이번에는 에리카가 시중인을 데리고 응접실을 나갔다.

남겨진 로제린은 고른 숨소리를 내며 자는 메이를 바라보더니 옅게 미소 지었다.

"이렇게나 깊이 잠들었다면 괜찮겠죠. 그럼 혼잣말로 중얼거릴까요."

로제린이 중얼중얼 입을 움직이자, 메이가 붉은색 눈동자를 반짝 떴다.

소녀는 갑자기 벌떡 일어나더니, 생각에 잠긴 듯이 이마를 손으로 눌렀다.

"……어, 잠깐만. 지금, 전혀 들리지 않았는데, 만약 그렇다면──."

"왜 그러십니까?"

"아직…… 할 수 있는 일이 있을지도 몰라. 이건 국가 기밀에 가까운 정보라서 나도 물론 말할 수 없지만……."

"쿨……."

"아, 잠들었다면 안심이네. 이건 어디까지나 혼잣말인데
──."

그런 촌극 뒤, 두 사람은 정면에서 시선을 마주했다.

"과연……, 저도 전혀 못 들었습니다만 시험할 가치는 있
겠네요. 하지만 커다란 장벽이 있어요. 그걸 어떻게 전략으
로 극복하죠?"

"……모르겠어. 하지만 지금 필요한 건 교활한 전략이 아
니라 각오지."

로제린은 입가를 슬쩍 올렸다.

"지금까지 실컷 책략을 구사해온 당신이 이 막바지 순간
에 각오라고요? ……재미있네요."

"로제린 씨, 당신은 괜찮아?"

"후후후, 이쪽도 만만찮은 상대이기는 합니다만, 당신에
게 그런 소리를 듣고 물러설 수는 없죠. 좋습니다, 저도 마
음을 정했어요."

"**그때는** 또 여기를 이용해. 국경을 열어두고서 기다릴 테
니까."

에리카가 다시 문을 열고 응접실로 들어왔다.

하늘을 뒤덮은 두꺼운 먹구름 때문에 정확한 시간을 가늠
하기 어려웠지만, 아마 해가 질 무렵이리라.

시간은 얼마 남지 않았다.

오전부터 내리기 시작한 비는 기세를 줄일 생각 없이 대지를 세차게 적셨다.

구름 사이에서 뇌광이 번쩍이자 에스키아 진영 안쪽에 있는 총사령관의 천막에 작은 소녀가 구르듯이 들어왔다.

"랄프 오빠!"

단정하게 생긴 남자가 집무책상에서 천천히 고개를 들었다.

"……메이냐. 진흙투성이로군. 엄연히 총사령관의 천막이다. 다시 한번 말하지만 들어올 때는 단정한 모습으로 들어오도록."

"아그니스 오빠는?"

"아직 일기토 중이다. 흥, 둘 다 예상보다 더 끈덕지군. 한쪽이 조금이라도 무너지면 전군이 돌입할 예정이다만."

"다행이다……. 아직 늦지 않았을지도 몰라."

메이는 숨을 후우 내쉰 뒤, 큰오빠의 곁으로 한 걸음 다가갔다.

"저기, 할 말이 있어."

"오전에 했던 이야기를 하려면 가라. 어처구니없는 이야길 두 번이나 들을 만큼 한가하지 않아."

"들어줘. 이게 마지막이니까."

강한 의지가 깃든 메이의 눈동자를 보고, 랄프는 살짝 눈썹을 찌푸렸다.

"잘 들어라, 메이. 네가 무슨 말을 하려는지는 나도 안다. 하지만 너에게 이 상황이……."

"증거를 찾을 수 있을지도 몰라."

"……."

랄프가 의아한 표정을 띄웠다.

"랄프 오빠 역시 제국이 개입했으리라 생각하잖아. 증거만 있으면, 폭발하기 시작한 병사들이나 여론을 억누를 수 있어. 쓸데없이 전력을 잃을 필요도 사라지게 될 거야. 이건 감정론이 아니라 조만간 찾아올 제국과의 싸움을 앞두고 얼마나 많은 병력을 보존할 수 있을지와도 이어져. 군부를 맡은 장수로서 마땅히 해야 할 검증이야."

랄프는 메이의 답변을 듣고 잠시 침묵한 뒤, 한숨을 내쉬며 여동생을 싸늘하게 바라봤다.

"……흥, 좋다. 그렇게까지 말한다면 조금은 들어주마."

"응, 그건——."

하지만 메이의 말이 이어짐에 따라서 랄프의 표정이 순식간에 험악해졌다.

그리고——.

"바보 같은. 그런 게 가능할 리가 없잖아."

랄프는 내뱉듯이 말하며 주먹으로 책상을 때렸다.

"해보지 않으면 몰라. 가능성은 있잖아?"

"가능 불가능의 문제가 아니라 그 과정에 문제가 있다는 거다. 그건 적에게 목숨을 맡기는 것이나 마찬가지란 소리를 하는 거야."

"부탁해. 한 번만 믿어봐."

메이는 똑바로 큰오빠를 바라보았다.

셋째 오빠는── 아그니스는 지금 이 순간에도 '블리자드 로즈' 레파를 믿고서 싸우고 있다.

"메이, 적당히 해라. 그건 도박이다. 자칫 잘못하면 내 목숨이 위험해. 그렇게 되면 전쟁의 양상이 한순간에 바뀔 수도 있다. 설마 그걸 모르는 거냐?"

랄프의 목소리가 점차 온화해졌다. 이건 오히려 곤란한 징후이다.

"메이, 전장에서 상관의 명령은 절대적이다. 거스르면 넌 지하 감옥행이다."

오빠는 진심이다.

이 상태가 된 랄프는 확실히 그러고도 남는다. 그래도 ──.

"랄프 오빠는 이걸로 만족해? 아그니스 오빠는 목숨을 걸고 진심으로 싸우고 있어. 만약 이게 제국이 꾸민 일이라면, 두 눈 빤히 뜨고 에스키아 '최강'의 병사를 잃게 된다고. 그래도 상관없어?"

이제 물러서지 않는다.

이제 물러설 수 없다.

필요한 것은 각오이다.

의자에서 일어선 랄프가 팔찌를 쥐면서 다가왔다.

"못 알아듣겠다면 힘을 써서라도 네 입을 다물게 할 수밖에 없겠군."

"아그니스 오빠는 이 나라에 필요한 사람이야. 이런 곳에서 잃어도 될 사람이 아니라고!"

그래도 메이가 지지 않고 말하자, 큰오빠는 미간에 주름을 새겼다.

"닥쳐. 잘 들어라, 그 녀석은——."

거기에서 랄프의 말이 멈췄다.

메이가 겉옷을 내려서 오른쪽 옆구리를 바깥으로 드러냈다.

"……그건……."

거기에는 검은 육망성 인이 새겨져 있었다.

"그래……. 저주의 각인. 이 인이 있는 건 아그니스 오빠가 아니라 나야."

레스터 일족에 드물게 나타난다고 하는 저주의 각인. 이것이 있는 자는 조만간 국가를 위기에 빠뜨린다고 한다. 열 살 무렵의 메이에게 이 각인이 나타난 후, 오빠 아그니스는 자신의 피부를 태워 같은 모양의 인을 만들어 메이 대신 저주를 짊어졌다.

"…………."

할 말을 잃은 큰오빠에게 메이는 말했다.

"아그니스 오빠는 우리 일족을 적으로 돌리면서까지 나를 지켜줬어. 사람들의 경멸 어린 시선 속에서도 오빠는 전혀 낙담하지 않고, 기술을 연마하고, 계속 노력했어. 그렇게 힘겹게 갈고닦은 힘인데, 여전히 국민을 지키려고 해. 아그니스 오빠는 그저 강해서 '최강'이 아니야. 진짜 진짜 진짜 강하니까 '최강'이라고!"

이제 스스로도 무슨 소리를 하는지 모르겠다.

메이는 목구멍 안쪽에서 흘러나오는 대로 떠들었다.

"랄프 오빠는 어때? 국민도, 여론도, 군부 체재도, 원로원 의향도 물론 중요해. 하지만 아그니스 오빠도 랄프 오빠에겐 동생이야! 형제라구! 그럼 지켜줘야 할 거 아냐!"

"메이……."

"정신 차려! 장남이잖아!"

"──……."

＊ ＊ ＊

"증거를 잡을 수 있을지도 모른다고?"

그 무렵, 이그마르 진영에 있는 탑의 한 방에서 아름다운

제1왕녀가 좌우 색이 다른 눈동자를 가늘게 떴다. 그녀 옆에는 진흙투성이가 된 메이드가 꼼짝하지 않고 꼿꼿이 서 있었다.

"그보다, 그 더러운 차림새 좀 어떻게 해줄래? 나, 아름답지 않은 게 시야에 들어오면 짜증 나."

"화급한 용건입니다. 부디 용서해주십시오."

로제린이 깊이 고개 숙였다. 이자벨라는 말없이 책상을 검지로 톡톡 두드리는 중.

명백히 짜증 내고 있다. 긴장감이 방안을 가득 채웠고, 피부가 따끔따끔 아프기 시작했다.

하지만 물러설 수는 없다.

"이자벨라 님. 이번 일이 제국의 책략이었을 경우, 우리는 두 눈 빤히 뜨고 서로 전력을 깎아내게 되고, 자칫 잘못하면 제국이 두 나라를 다 집어삼키고 말 겁니다. 다만, 지금 상황에서는 오랜 원한에 사로잡힌 병사들의 흥분을 억누를 수도 없고, 의회를 설득할 소재도 없습니다. 물론 이는 에스키아가 화살을 쏜 것이 아니라는 증거가 없다는 전제하에 성립되는 말입니다만…….'

"날 바보 취급하는 거니?"

"당치도 않습니다. 전제를 확인한 겁니다."

로제린은 등줄기가 서서히 차가워지는 감각을 느끼면서 담담하게 입을 열었다.

이자벨라는 그 냉철한 기질 때문에 주위에 두려움을 사지만, 위정자로서는 틀림없이 우수하다. 국가로서 어느 쪽이 이득인지 냉정하게 판단할 수 있을 것이다.

그 점을 믿고서 이야기를 계속할 수밖에 없다.

"즉, 로제린. 네가 그 증거란 걸 확인할 방법을 제시할 수 있다는 거구나. 시시한 이야기면 어떻게 될지 알지?"

"물론입니다."

로제린은 고개를 낮추며 그 방법을 설명했다.

점차 이자벨라를 둘러싼 분위기가 험악하게 가시 돋치기 시작했다.

"후후후……, 확실히 시시한 이야기는 아니었어. 오히려 걸작이야. 정말로 그런 게 가능하리라고 보는 거니?"

"시험할 가치는 있다고 봅니다."

"방식에 문제가 있다는 거야. 숙적에게 목숨을 맡길 만한 행동은 단순히 무모한 도박일 뿐이지. 그러다 내 몸에 무슨 일이 생기면 '동국전쟁'의 승패가 결정될 우려가 있어. 단순한 폭거에 지나지 않는다는 걸 모르겠어?"

"무리라는 건 압니다. 하지만 이 상황에서는 딱 한 번만 상대를 믿어주시지 않겠습니까?"

"……"

검은 마력이 이자벨라의 주위에 자욱이 끼었다.

"결코 물러설 때를 잘못 판단하지 않는다. 쓸데없는 도박에 나서지 않는다. 그게 네 장점이었을 텐데에, 무척 유감이야."

"네……, 저도 신기합니다. 아마, 그분을 오래 섬기다 보니 영향을 받은 거겠죠. 그분은 항상 우격다짐이니까요."

이자벨라는 어쩐지 상쾌하게 웃으며 말하는 로제린을 빤히 바라보았다.

"……그러고 보니 아직 네 충성심을 확인하지 않았구나."

"확인하시죠."

로제린이 천천히 안경을 내밀었다.

이자벨라는 천천히 그것을 받아들었다. 그 오른손에서 검은 입자가 흘러나와, 안경을 감쌌다.

마술 '사이코메트리'가 발동하고, 물체에 남겨진 마음이 재현된다.

"이건……!"

이자벨라는 오드아이를 살짝 부릅떴다.

거기에 단편적으로 재현된 것은── 어느 남자에 대한 마음.

때로는 달콤하게.

때로는 시큼하게.

때로는 답답하게.

때로는 불안정하게 흔들린다.

어디에도 고정되지 않고, 그러면서도 가볍게 튕기는 것만 같은 이 마음은——.

"로제린. 너 '플레임 로드'를 사랑해? 아니——."

안경이 어둠에 먹히듯이, 이자벨라의 손안에서 싸악 녹았다.

"이건 그 애의 마음이구나."

"……."

로제린은 입을 다문 채 수긍했다.

로제린이 이자벨라에게 내민 것은, 연애 서머 캠프에 참가했던 레파에게 변장용으로 건네준 안경이었다. 2주 동안 레파가 쭉 사용해서 레파의 마음이 안경에 깃든 것이었다.

"……이 상황에서 무슨 속셈일까? 농담하려는 거니?"

방안의 온도가 뚝 떨어진 기분이 들었다.

이로써 레파의 마음은 상층부에 훤히 들키고 말았다. 이제 맞선이 계속 이어지기는 어려우리라. 하지만 전쟁이 시작되려고 하는 지금, 이자벨라를 움직이려면 다른 수단이 없다.

"지금 느끼신 대로, 레파 님은 '플레임 로드'에게 마음이 기울었습니다. 그리고 현재 레파 님이 양군의 피해를 최소한으로 하기 위해, 상대의 힘을 믿고서 싸우고 있다는 사실은 이자벨라 님께서도 어렴풋이 깨달으셨을 겁니다."

"……그래서? 어서 결론을 말해."

로제린은 거뭇거뭇한 마력이 흘러넘치는 이자벨라를 정

면에서 응시했다.

그리고 가느다란 실을 손으로 더듬어 당기듯이, 작은 가능성에 걸어보았다.

"즉, 레파 님은 전체의 이익을 위해서 적이라고 해도 사랑하는 사람을 믿고서 몸을 던졌고, 남자도 그에 응해주는 겁니다. 제가 이자벨라 님께 부탁드린 건 바로 그것과 마찬가지입니다. 레파 님이 할 수 있는데 이자벨라 님께서 못하실 이유가 어디에 있을까요?"

"도발할 생각이니? 전제가 이상해. 이쪽은 사랑하는 사람도 아닌 적을 믿을 이유가 없잖아."

"그럴까요? 그럼 어째서 **이자벨라 님께서는 안경에 남은 감정을 사랑이라고 이해하셨을까요**. 일찍이 사랑하던 상대를 믿을 수 없다니, 스스로 보는 눈이 없었다고 말하는 거나 마찬가지입니다. 언니와 여동생, 여자로서의 기량은 과연 어느 쪽이 위일까요?"

검은 돌풍이 구웅 소리를 내며 일어나더니, 로제린의 앞에 칠흑의 벽이 생겨났다.

"……저주의 마술이야. 그 벽에 닿은 건 내가 생각하기만 해도 죽는 저주가 걸려."

이자벨라의 음색이 한층 더 차가움을 띠었다. 하지만 그 때문에 거기에 처음으로 감정의 흔들림 비슷한 것이 섞인 느낌이 들었다.

"나를 향해 그런 말을 할 줄이야. 후후……, 지금까지 이 그마르에 그런 인간은 단 한 사람도 없었어."

"제가 처음이라면 영광입니다."

"각오는 된 거겠지? 증거 찾기 자리에 상대가 오지 않으면 죽을 거야. 증거를 얻을 수 없으면 죽을 거야. 확인한 증거가 바라는 것이 아니면 죽을 거야. 확률은 한없이 낮아. 항상 합리적인 행동을 하는 네가 이걸 선택을 할 수 있을까?"

검은 벽 앞에 가만히 선 로제린은 이윽고 천천히 입을 열었다.

"이자벨라 님. 저는 암부의 일족으로 태어나, 암흑 속에서 숨을 쉬고, 암흑 속에서 죽으리라 생각했습니다. 그걸 당연하게 여기며 살아왔고, 의문을 품은 적도 없었습니다."

"무슨 소리를……?"

이자벨라는 의아한 표정을 지으며 로제린을 똑바로 바라보았다.

"하지만 당신의 지시로 전 불운한 공주의 저택에 배치됐고, 저보다 깊은 어둠을 가진 사람이 있다는 사실을 알게 됐습니다. 하지만 그녀는 어둠 속에서 무릎을 끌어안기만 하지 않았습니다. 불면 날아갈 것 같은 작은 빛을 향해서, 일심불란하게, 열심히, 그저 오로지 달렸죠. 저는 그 행위를 바보 같다며 잘라 버릴 수 없었습니다. 그건 어둠에 살아가는 것을 당연하게 받아들였던 제게는, 너무도 선명하고 강렬한, 눈부실 만큼 빛나는 체험이었습니다."

"로제린."

"이자벨라 님. 저는 그분 덕분에 웃을 수 있게 되었습니다. 불우하지만 세상 물정을 모르고 속 편한, 그리고 무척 강한 그분 곁에서요."

메이드는 생긋 아름다운 미소를 띠우더니, 망설임 없이 눈앞의 검은 벽을 지나갔다.

그 목덜미에 십자가 같은 문양의 저주가 새겨졌다.

"그 내기, 물론 받아들이겠습니다."

* * *

세상이 땅거미에 휩싸였다.

최전선과 가까운 레바민트 왕국 왕가 별장에서, 손님이 찾아왔다는 알림을 받은 에리카가 시중인을 데리고 서둘러 응접실로 향했다.

문을 열자, 응접실은 팽팽한 긴장감으로 가득 차 있었다.

"잘 오셨습니다."

에리카는 자연스럽게 미소 지으며 손님에게 인사했다.

기묘한 표정으로 꼿꼿이 선 메이와 로제린. 그 옆에는 벌레 씹은 표정으로 팔짱을 낀 에스키아 공화국 총사령관 랄프 레스터와 무표정으로 다리를 꼰 이그마르 왕국 제1왕위

계승자 이자벨라 엘드리트의 모습이 있었다.

"이 자리에 모여주신 건 이번에 개전의 원인이 된 쌍방에게 쏘아진 화살. 그게 양군이 아니라, 제삼자의 의지에 의한 것이라는 사실을 확인하기 위해서라고 받아들여도 될까요?"

"……그래."

"응……."

랄프와 이자벨라 두 사람은 한 번도 눈을 마주치지 않은 채, 에리카의 말에 고개를 끄덕였다.

"그럼 레바민트 왕국 여왕 에리카 리히트슈타인이 검증에 입회하겠습니다. 시간이 없으니 즉시 시작하십시오."

에스키아 총사령관은 미간에 깊은 주름을 새겼다.

"……에리카 왕. 귀공도 한패인가?"

"누가 들으면 오해하겠네요. 저는 어디까지나 선의의 제삼자입니다."

"하나같이 제정신이 아니군."

랄프는 오른손의 팔에 감긴 마도구 '패자의 호부'에 천천히 손을 댔다.

피부가 따가워질 만큼의 긴장감 속에서, 메이의 머리에 목소리가 울렸다.

──수고하셨습니다, 메이 씨. 잘도 고지식한 총사령관을 데리고 오셨군요. 덕분에 일단 목숨을 건졌습니다.

로제린이 마술 '그림자 말'로 은밀하게 전언을 보냈다.

──목숨을 건졌다니 그게 무슨 소리야? 게다가 목의 십자가 문양은 대체 뭐야?

──아아, 그건 이쪽 사정이니 신경 쓰지 마십시오. 사소한 대가입니다.

──그래. 당신도 곤란한 일이 있었나 보구나. 나도 내 앞날이 불안하지만…… 지금은 그저 눈앞의 일이 잘 진행되기를 기도하자.

두 사람의 작전은 이랬다.

이번 열쇠는 이자벨라의 마술── '사이코메트리'이다.

제1왕녀의 마술 내용은 국가 기밀에 가깝지만, 로제린에게 그 이야기를 듣고서 메이의 머리에 하나의 해결책이 떠올랐다. 이 마술은 물질에 남은 사념을 읽어내는 힘이 있지만, 어느 정도 주인의 손에 익은 물건이어야만 한다. 따라서 이번에 쓴 양산품 화살은 대상 밖이다.

하지만 만약 마술 사용자인 이자벨라의 마력을 비약적으로 높인다면 어떨까?

화살을 만진 자의 희미하게 남은 사념뿐만 아니라, 그 사람이 되어 화살을 쏘았을 때 상황까지 생생하게 읽어낼 수 있지 않을까?

거기에서 이번에는 랄프의 마도구 '패자의 호부'가 활약할 차례다.

이 마도구는 사용자가 지정한 능력 한 가지를 대폭 향상시킬 수 있다. 즉, 랄프가 '패왕의 호부'를 이자벨라에게 건네고, 그걸 찬 이자벨라가 '마력'을 대폭으로 증강한다. 그러면 '사이코메트리'에 의해 화살이 제국의 관계자가 쏜 것인지 읽어낼 수 있지 않을까?

두 사람은 그렇게 생각했다.

하지만 커다란 문제가 있다.

레스터가의 보물이라고 할 수 있는 이 마도구는 물려받은 자 이외에 다른 사람이 쓸 수 없도록 복잡한 주술이 걸려 있다. 정당한 이용자가 아닌 사람이 함부로 사용하면, 그 자리에서 폭발해 흔적도 남김없이 날아가 버리는 것이다.

따라서 다음 사용자에게서 물려줄 때는 일족에게만 전해지는 특별한 주문을 해제하고 나서 건네주게 되어있다.

만약 랄프가 의도적으로 마도구의 저주를 풀지 않을 경우, 이자벨라는 '패왕의 호부'를 사용하는 순간 폭사하리라. 한편, 만약 저주를 푼 '패왕의 호부'를 이자벨라에게 건넨다면, 랄프는 맨몸에 가까운 상태에서 눈을 빤히 뜨고 강대한 마력을 적에게 건네주게 된다. 최악의 경우, 순식간에 살해당해도 이상하지 않다.

따라서 무사히 검증을 마치려면, 랄프는 확실히 저주를 푼 상태에서 이자벨라에게 마도구를 건네주고, 이자벨라는 그것으로 증폭한 마력을 랄프에게 겨누지 않고 '사이코메트리'를 사용할 필요가 있다.

뒤집어 말하자면 상대국의 절대 권력자 한 사람을 살해해, 전쟁의 승패를 결정지을 절호의 기회이기도 하다. 이번 검증은 그런 크나큰 유혹 앞에서, **수뇌부에 군림하는 두 사람이 서로를 믿어야만 성립하게 된다.**

"신뢰라······. 이그마르의 암여우와는 전혀 어울리지 않는 말이군. 이제 네 얼굴을 보는 것도 마지막인가."

"랄프 오빠!"

"입 다물어라, 메이."

랄프는 조용히 말하며 '패왕의 호부'를 팔에서 빼서 이자벨라에게 던졌다.

팔찌를 받아든 이자벨라는 그것을 천천히 팔에 둘렀다.

"후후후, 겨우 이 근육뇌남과 이별할 수 있겠어. 큰 공을 세웠구나, 로제린."

"이자벨라 님."

"입 다물렴."

방안의 긴장감이 더욱 고조됐다. 가까스로 두 사람을 이곳에 데리고 왔지만, 메이와 로제린 모두 상사의 마음속까지는 알 수 없다. 다른 이도 아니고 이 두 사람이다. 책략에 동참하는 척하고, 이 기회에 상대를 없애려 들어도 이상하지 않다.

이자벨라가 천천히 눈을 감았다.

빗빛이 섬렬하게 상을 누느렸다.

공기가 무겁고, 딱딱해졌다.

모든 이가 숨을 삼켰다.

그리고——.

* * *

"오오오오오오오오오오옷!"

"하아아아아아아아아아앗!"

비상식적이라고 할만한 규모의 베기 공격과 파동이 격돌하고, 터지고, 깜빡였다.

세찬 비가 쏟아지는 최전선, '최강' 두 사람은 계속 일기토를 벌이는 중이었다.

"믿을 수 없어……. 진작에 밤이 됐다고."

아그니스가 이끄는 홍련의 칼 단원이 얼떨떨하게 말을 흘렸다.

"단장님이 대단한 건 알고 있었지만, 이 정도일 줄이야……."

"이게…… 단장님의 진정한 실력이라는 건가."

루시아나는 마른 침을 삼키며 대답했다.

양국의 대군은 너무나 치열한 두 사람의 싸움을 앞에 두고 오전부터 단 한 걸음도 움직이지 못했다.

"하지만 이젠……."

비와 어스름 때문에 뚜렷하게 보이진 않았지만, 양쪽 다 만신창이인 것은 틀림없다. 어쨌거나 일격으로 목숨을 거둘만한 공격이 무수히 교차 중이었다.

체력과 집중력은 이미 진작에 한계를 넘었을 것이다.

아마 두 사람을 지탱하는 것은 기력뿐이리라.

"둘 다 너덜너덜해. 언제까지 이런 싸움을 계속해야만 하는 거지?"

루시아나가 주먹을 떨며 신음했다.

그리고 전장에서는——.

"윽!"

폭포수처럼 쏟아지는 빙설의 마법이 스치자, 아그니스가 무릎을 꿇었다. 하지만——.

"윽!"

칼이 만들어 낸 충격파로, 이번에는 레파의 자세가 크게 무너졌다.

후방에서 단원 한 사람이 외쳤다.

"루시아나 누님, 어떻게 될까요?!"

"나도 몰라. 하지만 두 사람 다 한계인 건 틀림없어. 아마도 다음 일격에서……."

어디까지나 예감이었다.

한나절 이상 이어진 결전의 종언이 바로 코앞에 있는 것만 같은.

어둠 속에서 내리친 번개가 굉음과 함께 하늘을 세로로 갈랐다.

""하아아아아아아아아앗!""

비틀거리며 일어선 두 사람은 고개를 들고, 물보라를 흩뿌리며 다시 달리기 시작했다.

──안 돼.

등줄기를 기어오르는 불길한 예감.

"단장님──!"

저도 모르게 비장한 목소리가 목에서 튀어나왔을 때──.

가아아아아앙!

양군에서 동시에 징 소리가 높다랗게 울렸다.

"이, 이건……?"

루시아나가 주변을 두리번두리번 둘러보았다.

"누님, 이 신호는……."

단원이나 다른 군단병들도 크게 술렁이기 시작했다.

전령 담당이라 여겨지는 병사들이 말을 몰면서, 각 군에 큰소리로 무언가를 전했다.

"랄프 레스터 총사령관님의 명령이다!"

전령이 목청껏 외쳤다.

"이번 기습이 이그마르 군에 의한 것이 아니라는 사실이 확인되었다. 따라서 양군은 군을 물린다. 정전 협정은 아직 깨지지 않았다! 반복한다. 정전 협정은 아직 깨지지 않았다!"

동요. 혼란.

병사들 사이에 당황스러움이 해일처럼 퍼졌다.

하지만 루시아나는 혼자서 기쁨의 함성을 외치고 싶은 기분이었다.

그 아이가 터무니없이 힘든 일을 해낸 것이다.

――메이, 해냈구나!

* * *

전장에서 멀리 떨어진 산 정상에서, 곰 인형을 안은 소녀가 작게 입을 열었다.

"……카이. 전쟁이 멈춘 모양이야."

"……."

백발 청년은 말없이 가늘게 뜬 눈동자를 전장으로 향했다.

"그래, 정말이야……. 저렇게까지 부풀어 올랐던 전쟁의 기운을 억지로 진정시키다니, 그들에게는 뛰어난 브레인이 있다는 뜻이구나."

카이는 태연한 기색으로 소녀의 금발 머리를 부드럽게 쓰다듬었다.

제국 병사를 이용해, 양친인 옛 두 사람의 '최강' 기일에 맞춰, 야음을 틈타 양군에 화살을 쏘도록 지시했지만――.

"만약 에스키아와 이그마르에 쏜 두 개의 화살에 남은 기억을 더듬을 수 있었다면, 사수가 에스키아도 이그마르도 아닌 다른 소속 사람이라는 걸 알았겠지. 그걸 통해 서로에 대한 의혹을 풀었다는 걸까?"

"기억을 더듬을 수 있었다면, 제국의 정보도 새어나갔을까……?"

"뭐, 붙잡힐 것도 상정해서 본거지가 어디인지 모르는 말단 병사를 이용했으니 문제는 없겠지만."

카이가 가벼운 기색으로 말하자, 로리에는 눈을 위로 치켜뜨며 황제를 보았다.

"그래서…… 어쩔 거야……?"

"아무것도 안 해. 이번엔 운 좋게 전쟁을 회피했을 뿐이지, 양국이 상대에게 품은 불신감과 얄팍한 관계성이 변화한 건 아니야. 오히려 그게 드러났다고 생각해야 하겠지."

카이는 그 아름다운 얼굴에 우아한 웃음을 띠우며 품속에서 하프를 꺼냈다.

빗속에서 백발 청년의 모습은 희미하게 빛나 보였다.

"자, 어쩔 거지, 아그니스, 레파? 국경이라는 벽이 가로막아선 이상, 비극은 조만간 반복될 거야. 20년 전에도 그랬어. 동맹 공표만 남은 상황 속에서 한 병사의 변덕이 모든 것을 뒤집어버렸지. 슬픈 사랑의 운명은 제국이 대륙을 통일할 때까지 이어질 거야."

잔잔한 하프 선율이 어둠으로 녹아들 듯이 사라졌다.

하지만 다시 머나먼 전장을 바라본 카이는 작게 숨을 삼켰다.

"이건——……!"

* * *

"오빠, 퇴각 신호야. 이제 싸우지 않아도 돼!"

"레파 님, 수고하셨습니다. 잘 버티셨습니다."

레바민트 왕국에서의 검증을 마치고 다시 최전선으로 돌아온 메이와 로제린이 숨을 헐떡이면서 두 사람의 '최강'에게 달려가려고 했다.

하지만——.

""하아아아아아아아아아아아아앗!""

'최강' 두 사람은 땅을 박차며 다시 눈앞에 선 상대를 향해 돌진했다.

구웅!

불타오르는 화염이 대지를 태우고, 절대 영도의 빙설이 비를 예리한 날붙이로 바꿨다.

베기 공격과 마술이 격렬하게 교차하고, 굉음이 어두운 밤에 작렬했다.

"아니, 자, 잠깐! 오빠! 정전이라고 했잖아, 앗!"

거대한 폭풍이 소용돌이치자 다가가려고 했던 메이의 몸이 뒤로 데굴데굴 날아갔다.

메이는 입에 들어간 흙탕물을 뱉어내면서 필사적으로 일어났다.

"그러니까, 내 말 듣고 있어? 이제 싸우지 않아도——."

""하아아아아아아아아아아아아아앗!""

"꺄아악!"

다시 격돌하는 두 사람이 내뿜는 충격파에 메이는 다시한번 진흙탕을 굴렀다.

"아니, 있잖아, 그러니까 몇 번이나 말하는데——."

""하아아아아아아아아아아아아앗!""

"흐아아악!"

또 날아간 메이는 다시 벌떡 일어나 하늘을 향해서 부르짖었다.

"으아아아아아앙, 진작에 알았지만 이 두 사람은 전혀 남의 말을 안 듣잖아아아아!"

그 어깨에 로제린이 다정하게 손을 툭 얹었다.

"메이 씨, 포기하죠."

"아니, 왜 상쾌하게 터무니없는 소리를 하는 거야?! 두 사람의 싸움을 막기 위해서 이렇게 노력했는데!"

"당신도 알잖아요?"

"……."

메이는 주저앉은 채 뺨을 볼록 부풀렸다.

"……정말, 진짜로 바보라니까!"

불꽃을 흩날리며 계속 싸우는 두 사람을 바라본 메이는 어깨를 크게 으쓱였다.

도저히 믿을 수 없지만, 그렇게 여길 수밖에 없는 사태였다.

"저 두 사람, 이제 전쟁 따윈 아무래도 상관없어진 거겠지……."

"네……. 지금 두 사람의 머릿속에 있는 건——."

로제린이 탄식하면서 입술에 웃음을 띠웠다.

두 사람은 동시에 말을 자아냈다.

""어느 쪽이 더 강한가?""

메이가 머리를 쓱쓱 헤집었다.

"아, 끔찍해! 싸움에 불이 붙어서 푹 빠져 버린 거야. 진짜로 바보, 바보, 바보, 바보!"

"저 두 사람에게 가장 중요한 건 결국 전쟁도, 융화도, 나라의 체면도 아니라, 누가 '최강'인가 하는 거였겠죠. 뭐, 두 사람답습니다만……."

메이는 원망스럽게 메이드를 올려다보았다.

"어쩔 거야? 이러다 동귀어진이라도 하게 되면 본전도 못 찾는다고."

"어쩔 수 없습니다. 마지막까지 지켜보는 게 결국 우리의 역할이겠죠."

"하아……."

크게 한숨을 쉰 메이는 입술을 삐죽이며 포기한 듯이 중얼거렸다.

"……지면 용서하지 않을 거야."

시각은 이미 심야를 넘어섰다.

"'하아아아아아아아아아아아아아아앗!'"

진작에 한계에 다다른 줄 알았던 두 사람이었는데, 여전히 화려한 불꽃을 흩뿌리며 싸우고 있다.

애검 제무스를 한 손에 든 아그니스는 다시금 대전 상대인 소녀의 모습을 바라보았다.

──이 여자는 강해.

한 발 한 발이 무겁고 격렬하다.

술식 하나하나에 무수한 노력을 기울여 다듬은 마술.

조금이라도 판단을 그르치면 눈 깜짝할 사이에 당해버리리라.

하지만──.

"이제 적당히 포기해. '최강'은 나다!"

베기 공격이 홍련의 폭염을 동반해 '블리자드 로즈'에게 밀려들었다.

하지만 다음 순간, 백은색으로 변한 전장에 무수한 얼음꽃이 피어나 화염의 기세를 죽였다.

오른손을 치켜든 레파는 소년의 모습을 시야에 담았다.

──이 남자는 강해.

일격 일격이 강하고 날카롭다.

다음 수와 그다음 수, 그 또 다음 수까지 읽어내는, 일절의 낭비 없는 검술.

조금이라도 방심하면 순식간에 패해 버리리라.

그래도──.

"미안하지만 '최강'은 나야! 너야말로 냉큼 잠드는 게 어때?"

어릴 적부터 검술 단련으로 밤을 지새웠다.

어릴 적부터 마술 탐구에 모든 생활을 걸었다.

그리고 강함만을 추구해 여기까지 왔다.

그러니까 이 싸움만큼은 질 수 없다. 아침부터 쭉 이어진 격렬한 전투는 마치 '최강'을 자부하는 두 사람의 의지와 자존심, 그리고 삶의 부딪침으로 보였다.

"루시아나 누님, 어째서 우는 겁니까?"

단원 중 한 사람이 최전선에서 우두커니 서서 싸움을 지켜보던 부장에게 말을 걸었다.

"……어? 왜 눈물이……."

그 말에 자신이 눈물을 흘리고 있단 사실을 깨달은 루시아나는 황급히 눈가를 훔쳤다.

비와는 다른 따스한 감촉이었다.

"바, 바보. 이, 이건 그러니까…… 너희야말로 왜 우는 건데?"

그 말을 들은 병사들도 그제야 겨우 자신들이 울고 있다는 사실을 인식한 모양인지 얼굴을 쓱쓱 닦기 시작했다.

"모, 모르겠습다. 하지만 뭐랄까 두 사람의 싸움을 보고 있자니 가슴이 뜨거워져서."

"나, 나도 그래. 뭐랄까, 혼과 혼이 서로 부딪치는 싸움을 보고 있는 거 같아. 정말 대단한 싸움을 보는구나 싶어서."

"이제 곧 아침이 될 텐데, 저 두 사람은 어떻게 이런 뜨거운 싸움을 할 수 있는 건지……. 젠장."

단원들이 제각각 눈물을 머금었다.

그렇게 멍하니 두 사람의 전투를 지켜보던 루시아나는 이내 정신을 차려 주위를 두리번두리번 둘러보았다.

홍련의 칼 단원뿐만이 아니었다. 다른 부대의 병사들마저 다들 감격한 표정이었다.

지금, 무언가가——.

루시아나는 주먹을 강하게 움켜쥐었다.

지금, 무언가가 변하려고 한다.

처절하고, 선명하고 강렬하고, 그리고 아름답기까지 한 두 사람의 싸움이 보는 사람의 마음을 움직였다.

지금, 커다란 무언가가——.

입술을 한 번 꾹 다문 루시아나는 양손을 입에 모으고 큰

소리로 외쳤다.

"단장님! 힘내십시오————————!"

서로 얼굴을 마주 보던 단원들이 뒤를 이었다.

"단장님, 지지 마십시오!"

"단장님이야말로 '최강'이라고요!"

"단장님! 무슨 일이 있어도 마지막까지 지켜보겠습니다!"

이윽고 다른 정규군 병사나 장교들까지 응원하기 시작했다.

"가라아아아, 거기다!"

"공격해라, 어이이이이!"

"우리 대표니까 절대 지지 마라!"

어두운 하늘.

조금씩 빗발이 약해지기 시작했다.

주위의 기색을 슬금슬금 살피던 단원중 한 사람이 중얼거렸다.

"'블리자드 로즈' 힘내라——."

주위가 일제히 반응했다.

"다 들린다고, 야!"

"너, 왜 적을 응원하는 거야?"

"무슨 생각이냐?!"

하지만 타박받은 남자는 꿋꿋이 이렇게 말했다.

"어, 어쩔 수 없잖아! 난 저 터무니없는 마술에 반해버렸어. 일단 전쟁은 중지됐잖아? 그러니까 이건 전쟁이 아니라 대륙에서 가장 강한 인간이 누군지 결정하는 싸움이야! 이런 뜨거운 승부가 어딨겠냐고! 멋대로 응원해도 상관없잖아!"

"……."

그 말에 병사들이 서로의 얼굴을 마주 보았다.

대륙 최강 결정전.

그 울림에 병사들의 마음속에 불이 지펴졌다.

그것은 에스키아 공화국뿐만이 아니라 이그마르 왕국 측도 마찬가지였다.

"우오오오오, 지지 마라, '플레임 로드'!"

"'블리자드 로즈', 당신의 마술에 반했어어어!"

"대단하다, 젠장, 왜 이리 굉장한 거야?!"

눈물을 흘리는 자, 목청껏 외치는 자.

정전 명령이 떨어졌지만 그 누구도 목숨을 깎아내는 격전을 말리지도, 그 자리를 떠나지도 않았다. 어렴풋이 밝아지기 시작한 하늘에 양군의 커다란 환성이 울러 퍼졌다.

'최강'끼리 인지를 뛰어넘는 전투를 펼치는 와중, 조금 떨어진 위치에서 그것을 바라보는 두 인물이 있었다.

"……어째서 우직하게 마도구에 걸린 저주를 푼 거지? 모처럼 날 없앨 최대의 기회였을지도 모르는데."

이그마르 왕국 제1왕위계승자 이자벨라 엘드리트는 옆에

선 남자를 흘겨보았다.

"흥, 나는 처음부터 제국의 소행이라 의심하고 있었다. 녀석들이 바라는 건 에스키아와 이그마르의 공멸이지. 그 장단에 놀아나는 게 마음에 안 들었을 뿐이야."

애스키아 공화국군 총사령관 랄프 레스터가 팔짱을 낀 채 말했다.

"그리고…… 오랜만에 설교를 들었으니까."

"설교?"

"혼잣말이다. 너야말로 모처럼 방대한 마력을 얻었을 텐데, 왜 날 공격하지 않았지? 이 몸을 장사지낼, 처음이자 마지막 기회였을 텐데."

"물론 처음엔 그럴 생각이었어. 에스키아 최대의 눈엣가시를 편하게 없앨 수 있는 기회였지이. 합리적인 판단이잖아."

"……그럼 왜지?"

"뭐, 나도 부하가 내 말에 토를 다는 희귀한 경험을 했지."

"흐음."

"게다가──."

"게다가……?"

랄프가 눈썹을 찌푸리자, 이자벨라는 찌뿌둥한 하늘을 올려다봤다.

"저기, 당신은 어릴 적 일을 기억해?"

"……?"

"갑갑한 왕궁에 진절머리를 느끼고 리피르에 피서를 갔을 때, 난 당신과 만났잖아. 감시를 피해 몰래 숙소에서 빠져나와 거리를 돌아다닐 때였을 거야. 아무것도 모르던 나는 거리를 거닐다 나도 모르게 으슥한 곳으로 들어갔었지. 거기서 이상한 남자들에게 둘러싸였었고, 그때 그 남자들에게 달려들어 날 구한 게 당신이었어. 후후, 걸작이었지. 여성을 지키는 게 기사의 의무라고 하면서 필사적으로 싸우고 다치다니. 말은 그렇게 번드르르하게 해 놓고, 당신도 무거운 책임에서 도망치고 싶어 숙소를 빠져 나왔다가 길을 잃은 상태였지?"

"……."

"우리는 서로의 정체를 모른 채 거리 한구석에서 며칠을 함께 지냈지. 하지만 가문의 숙명에서 벗어날 수 없다는 사실을 누구보다 잘 알고 있었어. 그래서 누가 먼저라고 할 것도 없이 도피 생활을 마치기로 했지. 그리고 당신, 헤어질 때의 모습도 참 웃겼어. 이렇게 말했잖아. ——또 만나자, 아름다운 사람."

하지만 다시 얼굴을 마주했을 때, 두 사람은 서로의 입장을 깨닫게 됐다. 과거에 있었던 일은 그저 한여름 밤의 꿈이었단 사실을.

"……곰팡이가 슨 기억이다. 이미 다 잊었어."

"거짓말쟁이."

이자벨라는 그렇게 말하며 랄프의 오른팔에 시선을 떨어뜨렸다.

　"벌써 잊은 거야? 내 마술 '사이코메트리'는 애용하는 도구에 깃든 주인의 사념을 파헤칠 수 있어."

　랄프는 반사적으로 오른팔에 찬 마도구에 손을 얹었다.

　"……너! 이걸 썼을 때 내 기억을 읽은 거냐?"

　"걱정하지 않아도 돼. 내가 읽은 건 거기 담긴 기억뿐이야. 증폭되었다고는 해도 화살에 남은 지극히 미량의 사념을 읽어내기 위한 마력은 남겨두고 싶었으니까. 사소한 장난이야. 당신이 만약 그때의 일을 잊고 있었더라면 죽이려고 했어. 만약 기억한다면 오늘은 죽이지 않으려 했지."

　"……영문을 모르겠군."

　"변덕이야. 여자는 때때로 비합리적인 행동을 취해."

　요염한 웃음을 띤 이자벨라는 최전선에서 펼쳐지는 사투를 바라보았다.

　치열한 공방 속에서 점점 뜨거워지는 응원의 목소리.

　"정말이지 바보뿐이네에."

　"동감이군."

　"반대로 우리는 너무 현명한 걸까? 많은 걸 손에 넣고, 많은 걸 잃었어."

　그때, 만약 도피 생활을 이어갔다면.

　어디까지고 계속 도망쳤더라면──.

이자벨라의 손이 무의식중에 왼쪽 눈으로 향했다.

"그 눈, 잘 만들어졌지만 가까이서 보니 위화감이 드는군. 의안인가?"

랄프의 말을 듣고 이자벨라는 한순간 깜짝 놀란 표정으로 눈을 가린 다음, 음색을 한층 더 낮추었다.

"……그래서, 뭐? 기분 나쁘다는 소리라도 하려고?"

에스키아의 총사령관은 코웃음을 쳤다.

"시시해."

"……시시하다고?"

"아름다움이란 혼의 강도이자 빛이다. 눈 하나둘쯤 잃는 다고 네 고고한 정신에 그늘이 드리워질 리 없겠지. 넌 어릴 적부터 변함없다. 여전히 아름다워."

"뭐, 뭐어?"

저도 모르게 눈에서 손을 뗀 이자벨라는 뚫어져라 랄프의 옆모습을 쳐다보았다.

"……당신, 자기가 무슨 소리를 하는지 알고 있어?"

"이상한 소리를 했나?"

잠시 얼떨떨한 기색을 보이던 제1왕녀는 힘이 빠진 것처럼 미소 지으며 어깨를 으쓱였다.

"그러고 보니…… 당신은 뇌까지 근육으로 가득 찬 남자 였지. 예전부터 계속."

"진지하게 말하지 마."

느릿한 바람이 두 사람 사이를 지나갔다.

이자벨라는 한숨을 후우 내쉬었다.

"나만 신경 썼던 걸까아……."

"무슨 소리지?"

"혼잣말이야."

그것은 마치 무언가에 씌인 게 떨어져 나간 것처럼 아름답고 청초한 웃음이었다.

그들은 자연스럽게 '최강'끼리 벌이는 싸움을 향해 시선을 돌렸다.

"어느 쪽이 이길까?"

"지금까지는 완전히 호각이지만…… 어쨌거나 한계에 가까워. 언제 결판이 날지 내기할까?"

"그거 재미있네."

그리고 두 사람은 동시에 이렇게 말했다.

""——다음 일격.""

"하아…… 하아…… 하아……."

황야에서 마주한 아그니스와 레파는 일정 거리를 벌리며 숨을 헐떡였다.

이미 만신창이. 극한의 피로 때문에 몸은 납처럼 무겁고, 대량의 출혈 때문에 의식마저 몽롱하다.

팔은. 검을 쥐는 것도 고작이다.

다리는. 가까스로 서 있을 뿐.

눈은. 침침하다.

기력은—— 아직 남아 있다.

남은 힘을 끌어모은다 해도, 다음 공격이 마지막일 터——.

두 사람은 숨을 크게 들이마셨다.

심상치 않은 분위기에 관중이 쥐죽은 듯이 고요해졌고, 무거운 침묵이 두 사람 사이에 내려앉았다.

그리고——.

""하아아아아아아아아아아아아아아아앗!""

두 사람은 동시에 땅을 박찼다.

작열.

아그니스가 제무스를 내리쳤다.

찢어진 대기 사이로 진홍의 업화가 마치 상처에서 피가 뿜어져 나오는 것처럼 기세 좋게 흘러나왔다. 불꽃의 해일은 대지를 붉게 물들이더니 호쾌하게 '블리자드 로즈'를 덮쳤다.

동결.

레파가 양손을 앞으로 내밀었다.

창백한 빛을 머금은 복잡기괴한 문양이 공중에 나타났다. 그 마법진의 중앙에서 얼음의 거목이 무시무시한 속도로 성장하기 시작했다. 파직파직 소리와 함께 공기를 얼리면서, 투명하게 빛나는 가지와 잎이 순식간에 '플레임 로드'를 붙잡으려고 했다.

충돌.

양자의 중앙에서 불꽃과 얼음이 격돌해 막대한 에너지가 뿜어져 나왔다.

섬광이 번개처럼 튀고, 열기와 냉기를 머금은 파동이 폭풍처럼 거칠게 불었다. 관전하던 병사들은 그 폭풍에 휩쓸리지 않게끔 일제히 몸을 낮췄다.

""하아아아아아아아아아아아아아아아아아아아아아아아아아아아아앗!""

두 사람은 마지막 남은 힘까지 모두 쥐어짜냈다.

적색과 청색의 빛이 한 치의 양보도 없이 중앙에서 대립했다.

팽팽하게 맞서더니 부풀어 올랐다. 그리고——.

파슈웅!

파열.

맞부딪친 힘은 충돌점을 중심으로 대지를 반구 형태로 도려냈고, 성대하게 피어오른 분진이 하늘을 가득 메웠다.

병사들의 비명이 울려 퍼지고, 갈 곳을 잃은 막대한 열량은 이윽고 혼연일체의 빛이 되어 하늘로 올라갔다. 그것은 소용돌이처럼 회전하면서 하늘을 뒤덮은 먹구름을 뚫고, 마치 승천하는 용처럼 포효를 남기고 사라졌다.

폭풍이 그치고, 세상에 정숙이 찾아왔다.

하늘을 가득 메운 분진이 가라앉자, 대자로 뻗은 두 사람의 '최강'이 보였다.

무척 조용했다.

쓰러진 두 사람은 꿈쩍도 하지 않았다.

"이봐, 설마……."

누군가가 중얼거렸다.

20년 전, 에스키아와 이그마르의 '최강' 두 사람은 동귀어진했다.

비극의 역사가 머릿속을 스치자, 메이는 황급히 달리기 시작했다.

"……아그니스 오빠!"

"레파 님!"

그 뒤를 로제린이 따라갔다.

"오빠, 오빠!"

지친 몸을 이끌고 아그니스에게 다가가던 메이는 초조함을 담아 계속해서 오빠를 불렀다.

'최강'끼리의 의지와 의지의 맞부딪침. 이제 지켜볼 수밖에 없었다.

하지만——. 차가운 감각이 등줄기를 타고 내려가자 메이는 절규했다.

"오빠——."

"아아, 젠장!"

아그니스가 갑자기 상반신을 벌떡 일으켰다.

"아아, 정말!"

그리고 거의 동시에 레파가 벌떡 일어났다.

"⋯⋯."

메이가 저도 모르게 멈춰 섰다. 그리고 쫓아오던 로제린의 팔을 붙들었다.

"살아, 있었어⋯⋯. 다행이야⋯⋯. 다행이야아!"

로제린은 눈물을 머금은 메이를 곁눈질하면서 작게 탄식했다.

"네⋯⋯. 저 두 사람은 묘하게 불만스러워 보입니다만⋯⋯."

메이드의 말대로 격전을 마친 두 사람의 표정은 상당히 우울해 보였다.

"젠장, 고작 이 정도로 힘을 다 쓰다니 아직 수행이 부족하군."

"이게 웬일이람, 이 정도로 마력이 고갈되다니. 틀려먹었어."

메이와 로제린이 투덜투덜 말하는 두 사람을 기막히다는 듯이 쳐다보았다.

"반성한다는 게 고작⋯⋯."

"⋯⋯저 두 사람이 바보라는 걸 깜빡했어."

하지만 그렇게 중얼거린 여동생과 사용인은 서로 얼굴을 마주 보며 미소 지었다.

"앞으로도 고생할 거 같네요."

"응……, 피차일반이야."

주위의 병사들이 마침내 술렁이기 시작했다.

"……그래서 결국, 어느 쪽이 이겼지?"

"어쩐지…… 둘 다 못 일어나는 모양이로군."

"그렇다면——."

"이 싸움은……."

"——무승부다!"

오오오오오오오오오오오오오오오오오오오오!

하루 종일 펼쳐진 치열한 일기토는 무승부로 끝났다.

너무나 처절한 싸움이 끝났다는 안도일까, 혹은 뜨겁게 타오른 마음의 발로일까.

양국 병사가 흘러넘치는 열기를 억누르지 못한 채, 두 사람을 칭송하며 승리의 함성을 올렸다.

"아아, 젠장. 착각하지 마. 오늘은 어쩌다 컨디션이 나빴어. 나랑 호각이라 생각하지 말라고."

"내가 할 소리야. 오늘은 인생에서 가장 컨디션이 나빴을 뿐이니까. 설마 나랑 동등하다고 착각하는 건 아니지?"

그 와중에도 '최강' 두 사람은 주저앉은 채, 끝까지 우겨 댔다.

몸속에 통증과 피로가 쌓여, 입 말고는 제대로 움직일 수도 없었다.

하지만 살결을 쓰다듬는 바람은 어쩐지 기분 좋게 느껴졌다.

거칠어진 호흡이 조금씩 차분해졌다.

병사들의 목소리가 멀어져갔다.

아그니스는 천천히 하늘을 한 번 올려다본 후 레파에게로 시선을 되돌렸다.

"저기, '블리자드 로즈'."

"뭐야? 재대결이라면 언제든지 받아줄게."

"나랑 결혼해줘."

"흥, 바라는 바야. 받아들이겠어!"

시간이 멈췄다.

…….

…….

…….

"……어?"

레파는 주변을 두리번두리번 둘러보았다.

전선의 병사들이 하나같이 입을 다물고 마른침을 삼키며 두 사람을 지켜봤다.

마침내 레파는 아그니스가 한 말의 의미와 더불어 그게 자신을 향한 말이라는 사실을 이해했다.

"어, 어, 어, 어어어어어어어어어어어어어어어어?!"

소녀는 발끝부터 머리끝까지 새빨갛게 물들었다.

"너, 너너너너, 너 지금 무슨 소리ㄹㅇㅇㅇㅇ을?!"

"나랑 결혼해줘."

"아, 아니, 그러니까, 그런 게 아니고."

"나랑 결혼해줘."

"무, 무지막지하게 밀어붙이네!"

"나랑 결혼해줘."

"그, 그러니까, 저, 저기 이짜나, 후와와아아아."

"나랑 결혼해줘."

"우냐우오오오오."

아그니스는 너무 동요해서 흐트러진 레파를 똑바로 바라보며 말했다.

"이번에 너랑 싸워보고 잘 알았어."

"……어?"

──함께 '최강'을 목표로 하자.

일족에게 경멸받던 두 아이가 세상 한구석에서 나누었던 작은 약속.

이윽고 성장한 두 사람이 처음 진심으로 부딪쳤다.

잘 갈고닦아 매섭고 강렬했던 일격. 그런 일격을 받을 때마다 전해져 오는 감각이 있었다.

그 일격 뒤에──.

그가──, 그녀가──.

얼마나 많은 노력을 쌓아왔는지.

얼마나 많은 심혈을 기울여왔는지.

얼마나 많은 궁리를 거듭해왔는지.

얼마나 많은 마음을 실어왔는지.

다른 사람이 들으면 코웃음 칠 만한 어린아이의 약속을——.

그 끝없이 높은 경지를——.

진심으로——.

망설임 없이——.

그저 똑바로 걸어온——.

그 각오와 여정을——.

일격이 교차할 때마다, 뼈저리게 느꼈다.

약속은 지금—— 이루어졌다.

아그니스는 만감을 담아서 이 한마디를 입에 담았다.

"강해졌구나, 레파."

"……으!"

아그니스가 태양 같은 시선을 보내자, 레파의 동요는 뚝 가라앉았다.

정신을 차렸을 때는 두 눈에서 눈물이 흘러넘쳤다.

그때 봤던 얼굴이다.

마경에서 만났다.

아직 미덥지 못했지만 무엇보다 강했던 그 소년의——.

레파는 흘러넘치는 눈물방울을 손가락으로 닦으면서 대답했다.

"······너도, 아그니스."

전장의 프러포즈.

그것은 동경했던 이야기처럼 세련된 프러포즈는 아닐지도 모르지만——.

대답은 아마, 오래전부터 이미 정해져 있었다.

"······응."

눈물을 흘린 뒤 지은 미소는 마치 전장에 핀 한 송이 꽃 같았다.

오오오오오오오오오오오오오오오오오오오오오오오오.

떠들썩함과 술렁거림.

병사들 사이에 퍼진 것은 혼란일까, 곤혹스러움일까?

하지만 그것은 이윽고, 하나의 커다란 파도로 승화되었다.

메이가 목 놓아 울고, 로제린이 살며시 미소 지었다.

형과 언니가 말없이 서로 슬쩍 쳐다보았다.

'최강' 두 사람의 마지막 일격이 전장을 뒤덮었던 먹구름을 완전히 걷어냈다.

비가 갠 하늘에 아침 햇살이 스며들어 두 사람을 비췄고, 그 빛은 이윽고 전장의 병사들을 골고루 감쌌다.

길고 어두운 밤이 마침내 밝았다.

* * *

전장이 멀찍이서 내려다보이는 언덕 위에서, 트윈 테일 소녀는 툭 말했다.

"카이, 울고 있어?"

"⋯⋯응?"

백발 미청년이 지금 깨달은 듯이 눈꼬리를 닦았다.

"그래, 정말이네. 난 의외로 울보니까."

"어째서 울어?"

카이는 로리에의 물음을 듣고 전장에 시선을 고정한 채 말을 이었다.

"있지, 로리에. 캠프 마지막 날 밤에 내가 그들에게 들려 줬던 노래── 과거 '최강' 두 사람의 비극이 실화라는 걸 그 두 사람은 알아챘을까?"

"⋯⋯모르겠어. 하지만 단순해 보이니까 실화라고 생각 했을지도 몰라. 그게 왜?"

"과거 두 사람의 '최강'── 내 양친은 동맹 체결 직전에 벌어진 전선 병사들의 분쟁 때문에 모든 것을 잃었어. 반대 로 말하자면 내 양친이 만들어낸 '잔잔한 시대'는 서로 원한 을 품은 전선 병사들까진 설득할 수 없었던 거야."

"⋯⋯."

"저걸 봐. 양쪽 진영의 병사들이 모두 갈채를 보내고 있 어. 저 두 사람은 이걸 보여주려던 게 아닐까. 자신들의 싸움이라면 병사들을 설득할 수 있다. 과거의 '최강'을 뛰어넘을 수 있다. 즉, 자신들이야말로 '최강'이라고. ……후후후, 과거의 '최강'에게까지 대항 의식을 품다니 정말로 지기 싫어하는구나."

"……카이보다 강해?"

"'최강'과 '최강' 사이에서 태어난 나는 태어날 때부터 '최강'을 약속받았어. 입이 험한 간부는 날 지상 최강의 생물이라고 하지만——……."

거기에서 카이는 입을 다물었다.

로리에가 곰 인형을 꼬옥 끌어안으며 말했다.

"카이는 스포타이제이션으로 탄생한 원초의 마수가 저 두 사람에게 쓰러졌을 때, 슬퍼서 울었다고 말했어. 하지만 그게 아닐지도 몰라. 그건 카이의 절망에서 태어난 마수였어. 카이는 그 마수가 쓰러졌을 때, 두 사람을 향해 감사의 눈물을 흘린 게 아닐까. 카이의 깊은 절망을 풀어준 건 저 두 사람이나 마찬가지니."

"……."

"카이는 계속 고독했어. 나라를 만들고, 수많은 부하를 만들고, 국민을 만들고, 점점 커졌지만, 그 정점에서—— 차가운 옥좌에서 카이는 계속 차가운 눈으로 세상을 내려다봤어. 아무도 카이의 곁에 설 수 없었어. 그 절망에도, 그 강함에도, 나란히 설 수 있는 자가 없었어. 하지만 저 두 사람이라면——."

"후후……, 네가 더 시인에 어울릴지도 모르겠구나."

카이는 그렇게 말하며 비가 갠 하늘을 올려다보았다.

"있지, 로리에. 난 줄곧 국경이 세상의 평온을 가로막는 최대의 장애라고 생각했어. 그래서 모든 국경을 없애려고 했지. 아무리 많은 희생을 치르더라도, 결국엔 그게 옳은 일일 거라 믿었어."

"응……."

"난 계속 사랑이라는 걸 몰랐어. 하지만 지금은 아주 조금 알 것 같은 기분이 들어."

"카이. ……난 네 옆에 설게. 나라면 너랑 나란히 설 수 있으니까."

카이가 살짝 놀란 듯이 눈을 크게 떴다.

"'제국의 송곳니' 필두인 네가 말하니 설득력이 있네. 하지만 네가 자기 의지를 입 밖으로 내다니 별일이야. ……후후, 캠프에 참가해서, 나는 사랑을 알게 되고 넌 심약함을 극복한 걸까? 생각해보면 무척 유익한 체험이었구나."

기르강디아 제국의 젊은 황제는 크게 한숨을 쉬고 살며시 미소를 띠웠다.

"조금 더…… 저 두 사람이 자아내는 미래를 지켜보고 싶어졌어."

그 말을 끝으로, 두 사람의 인영은 자취를 감췄고 그 후에는 텅 빈 언덕만이 남았다.

——이런 느낌은 오랜만이구나…….

아그니스 레스터는 가늘게 숨을 내뱉으며 자세를 가다듬었다.

칠흑의 머리카락에 타오르는 것 같은 붉은 눈동자. 목에는 흐릿하게 빛나는 검은 펜던트를 걸었다. 강철처럼 갈고 닦은 육체와는 어울리지 않게 앳돼 보이는 그는 에스키아 공화국 '최강'의 검사 '플레임 로드'.

그런 그의 눈앞에 한 소녀가 서 있다.

심해 같은 푸른 눈동자에 은은한 빛을 뿜는 분홍빛 머리카락. 아름다운 외모와는 정반대로 비할 데 없는 강함을 자랑하는 그녀는 이그마르 왕국 '최강'의 마술사 '블리자드 로즈'.

일촉즉발의 분위기 속에서, 적대하는 두 나라의 '최강'이 가까이에서 마주하고 있다.

아그니스는 온몸의 신경을 곤두세워 현재 기분을 말로 표현하려고 시도해봤다. 자기를 객관적으로 파악하고자 하는, 전장에서 살아남기 위한 지혜이다.

——공포?

결단코 아니다. 상대가 강자라 해도 자신은 '최강'. 겁먹지는 않는다.

──흥분?

그것도 아니다. 지금 느끼는 감정은 전투를 앞두고 피가 끓어오르는 것과는 다른 종류의 감각이다.

──긴장?

역시, 이것일지도 모른다.

왜냐하면 지금부터 시작되는 것은 처절한 일기토도, 땅을 흔드는 실력 겨루기도 아니기 때문이다.

"그럼 지금부터 '혼약 의식'을 시작하겠습니다."

높다란 목소리를 울리는 이는 물빛 머리카락에 갈색 눈동자를 가진 소녀. 레바민트 왕국의 여왕 에리카 리히트슈타인.

기습에서 시작된 개전. 의심이 풀리고 정전. '최강'끼리 펼친 일기토와 프러포즈.

훗날 운명의 날이라고 불리는 격동의 날로부터 한 달이 지나고, 레바민트 왕국이 준비한 신전에서 '최강' 두 사람의 혼약 의식을 치르려고 했다.

여기까지 오는 것은 힘든 여정이었다. 두 사람의 싸움에 감명받은 군부가 후원하기는 했지만, 양국 내에는 아직 뿌

301

리 깊은 동맹 반대파가 있다. 때로는 그들 세력과 대립하고, 때로는 회유하면서, 동맹의 기운이 거세진 사이에 혼약만 이라도 마치자는 심산이었다.

혼약 의식 개최에는 양국의 시중인이 크게 암약한 모양이 지만, 그밖에도 양국의 거물이 관여했다는 소문도 있었다. 하지만 그 점은 확실치 않았다.

"그럼 약혼반지를 교환하십시오."

──왔구나……!

아그니스의 마음속에 긴장이 퍼졌다.

에리카와 시렌. 메이와 로제린. 레바민트 왕국의 중신들과 양국 외교 담당자와 군부에서 파견한 호위. 이번 혼약 의식은 비밀리에 치루기로 했기에, 극히 적은 인원만 참가해 두 사람을 축복하게 되었다. 혼약식을 지켜보는 건 정말 소수의 사람이었지만, 긴장하게 되는 건 어쩔 수 없었다.

"오빠, 반지."

"그, 그, 그래."

메이가 재촉하자 아그니스는 품속에서 반지를 넣어둔 상자를 꺼냈다.

천천히 뚜껑을 열고, 푸른 보석이 박힌 반지를 머뭇머뭇 집어 올렸다.

"가, 간다."

"와, 와라!"

"어째서 결투하는 깃처럼 구는 거야?"

아그니스는 여동생의 딴죽을 무시한 채, 레파의 손을 잡고 천천히 반지를 가져갔다.

참석자 전원의 긴장감이 극에 달한 순간.

지금, 양국에 있어 역사적인 순간이 찾아오려고 했다.

하지만——.

파삭!

긴장감으로 인해 힘이 너무 들어간 '최강'의 손가락이 반지를 부서뜨리고 말았다.

"⋯⋯어?"

"어는 무스으으은! 오빠는 바보야아아!"

"아, 아직 괜찮아!"

잔뜩 당황한 레파가 부서진 반지를 손안에 쥐었다.

"내 냉기로 고정하면, 자, 제대로 붙어——."

파직파직파직파직.

하지만 힘을 너무 준 나머지, 레파는 반지를 절대 영도로 얼려버리고 말았다. 그리고 그 반지를 살짝 쥐자, 반지는 빛의 찌꺼기로 변해 사라락 대기 중으로 흩어졌다.

"⋯⋯."

"⋯⋯."

그 터무니없는 광경에 참가자들은 얼빠진 모습으로 두 사람을 바라봤다.

하지만 혼약 회장에 무시무시한 침묵이 내려앉은 것도 잠시.

"아니, 어째서 가루로 만드는 거야?!"

"애, 애당초 네가 먼저 부서뜨린 게 잘못이지!"

"아니, 내가 긴장이라도 했다는 거야?!"

"뭐야, 내가 긴장했다고 주장하고 싶은 거야?"

""…….""

주위 사람은 꽥꽥 다투는 두 사람을 그저 조용히 바라봤다.

——헉!

아그니스는 그 상황에 무언가를 떠올린 듯이 고개를 들었다.

"이봐, **그거** 가지고 있어?"

"……그래, 그렇구나!"

아그니스의 생각을 알아챈 레파는 자신의 품속에 손을 넣었다.

그녀가 꺼내 든 것은 은색으로 빛나는 주먹 씌우개.

아그니스는 그것을 건네받아 레파의 손에 머뭇머뭇 씌웠다.

마치 자로 잰 것처럼 딱 맞는 주먹 씌우개가 소녀의 손가락에 자리 잡았다.

"홋, 이, 이러면 어때?"

"흐, 흥. 어, 어쩔 수 없으니까 이걸로 봐줄게."

Illustrations copyright © Umiko

두 사람은 얼굴을 붉히면서도 의기양양한 표정으로 참가자들을 둘러보았다.

우쭈우울.

"……아니, 설마 그걸로 해결됐다고 생각하는 건 아니시죠?"

"어, 안 돼?"

"정말 뭐 하는 거야?! 역시 예비 반지를 준비해오길 잘했어. 이런 상황이 생길 줄 알았다니깐! 가지고 올 테니까 잠깐 기다려!"

"그, 그런가……."

사용인과 여동생이 냉정하게 딴죽을 걸자, 두 사람은 어깨를 추욱 늘어뜨렸다.

잠시 동안 창에서 바람이 불어 들어왔다.

가을의 향기가 뒤섞인 바람.

눈이 마주쳤다.

살짝 웃었다.

레파는 손가락에 끼운 주먹 씌우개를 다시 바라보았다.

──함께 가자.

그렇게 새겨진 문자가 창으로 들어온 햇살에 반짝 빛났다.

후기

안녕하세요, 히시카와 사카쿠입니다.

이번에 『최강끼리 맞선 본 결과』 3권을 읽어주셔서 고맙습니다. 이 뒤에 살짝 스포일러가 있으니, 아직 본편을 읽지 않으신 분은 슬쩍 후기를 덮어주시길 바랍니다.

* * *

그럼, 준비는 다 되셨나요?

본문을 읽어주신 분은 아시다시피, 최강끼리 맞선 본 결과—— 옥신각신한 끝에 두 사람은 마침내 혼약에 이르렀습니다.

그저 강함만을 추구해서 세상 물정 모르고 연애치인 두 사람이 어릴 적 약속을 가슴에 품고, 주위 사람들의 도움을 받으며 가까스로 혼약까지 다다르게 되어 저 또한 기쁩니다.

두 사람은 결혼 생활을 제대로 해나갈 수 있을까? 메이나 로제린, 랄프와 이자벨라는 어떻게 될까? 카이와 로리에는 어떤 결단을 내릴까? 후일담이 신경 쓰이기는 하지만 무사히 하나의 골에 도달했으니, 본작은 여기에서 일단락을 짓도록 하겠습니다.

돌이켜 보면 제 작품의 주인공은 무언가 특출난 대신, 무언가가 부족한 캐릭터가 많은 것 같습니다. 본작 두 사람도 모자란 부분이 꽤 많습니다. 그들의 경우 전투에서는 무쌍이지만 연애에서는 숙맥이라 그 갭이 특히 크게 느껴졌습니다. 작가도 두 사람의 성격에 휘둘리면서 재미있게 썼습니다. 그들의 이야기를 즐겁게 읽으셨다면 이보다 더한 기쁨은 없을 겁니다.

그럼 감사 인사를 하겠습니다!

담당자 오바라 님을 비롯해 GA문고 관계자 여러분께는 평소대로 무척 신세 졌습니다.

일러스트를 맡으신 U35 선생님께는 매번 매번 멋진 일러스트를 받아서, 볼 때마다 '좋다……', '존경스럽다……'는 생각을 하며 한숨만 쉬었습니다. 아아, 좋다…….

GA문고 작가 동료, 가족, 친구에게는 다양한 상황에서 도움을 받고 있습니다. 정말 감사합니다. 그리고, 본작의 독자님께 최대한이자 최대급의 감사를 바칩니다!

그럼 또 뵐 수 있기를 기원하며.

SAIKYODOSHI GA OMIAI SHITA KEKKA 3
Copyright © 2018 Sakaku Hishikawa
Illustrations copyright © 2018 Umiko
Korean translation rights arranged with SB Creative Corp.
through Japan UNI Agency, Inc., Tokyo

최강끼리 맞선 본 결과 3

2019년 12월 24일 1판 1쇄 인쇄
2020년 1월 1일 1판 1쇄 발행

저 자	히시카와 사카쿠
일러스트	우미코
옮 긴 이	정우주
발 행 인	유재욱
본 부 장	조병권
담당편집	이성호
편집 1팀	정영길 김민지 조찬희 이성호
편집 2팀	김다솜
편집 3팀	박상섭 김효연 임미나
디 자 인	강혜린 박은정
라 이 츠	박선희 김슬비
디 지 털	최민성 박지혜
발 행 처	㈜소미미디어
등 록	제2015-000008호
주 소	서울시 마포구 토정로 222, 403호 (신수동, 한국출판콘텐츠센터)
판 매	㈜소미미디어
제 작 처	코리아피앤피
마 케 팅	한민지 한주원
물 류	허석용 최태욱
전 화	편집부 (070)4164-3962, 3963 기획실 (02)567-3388
	판매 및 마케팅 (070)4165-6888, Fax (02)322-7665

ISBN 979-11-6389-862-7 04830
ISBN 979-11-6389-490-2 (세트)